ein sommer
drei monde

SILKE SUTCLIFFE

ein sommer drei monde

monika fuchs

www.verlag-monikafuchs.de
www.silke-sutcliffe.de

1. Auflage 2024

Bibliografische Informationen der Deutschen Nationalbibliothek:
Die Deutsche Nationalbibliothek verzeichnet diese Publikation in der Deutschen Nationalbibliografie;detaillierte bibliografische Daten sind im Internet über https://dnb.d-nb.de abrufbar.

ISBN 978-3-947066-66-7
auch als eBook erhältlich

Covergestaltung: AliciaQ
Layout und Satz: Die Bücherfüxin | www.buecherfuexin.de | Hildesheim
Verwendete Grafiken: Fahrradfahrerinnen © Christos Georghiou; Kran © Dr. N. Lange; Monde © C Design Studio; Hintergrund © Arlenta Apostrophe (alle von stock.adobe.com).

Printed in Poland 2024 | www.azymut.pl

»Die Wahrheit ist die Übereinstimmung von Verstand und Sache.«

Thomas von Aquin

Content Note:
In dieser Geschichte spielen psychische und physische Erkrankungen (u. a. Depressionen und Krebs) eine Rolle. An einigen Stellen wird selbstgefährdendes Verhalten geschildert.

INHALT

SEPTEMBER

JUNI

JULI

AUGUST

SEPTEMBER

ANHANG

SEPTEMBER

PROLOG

FAHRTWIND

Nein, denke ich, es ist eben so und es hat nichts mit dem Mond zu tun. Jule denkt, alles auf der Welt hat mit dem Scheißmond zu tun. Egal, ob meine Nase läuft oder mein Rad einen Platten hat: Jule zückt ihren Mondkalender und erklärt mir die Welt. Neuerdings aber schweigt Jule mehr, als dass sie erklärt.

Wir sitzen auf einem Vierersitz im Zug. Ich am Fenster, Jule schräg gegenüber am Gang. Ihr Blick gibt mir das Gefühl, dass ich mich in Acht nehmen muss. Sie spielt gleichzeitig Kriminalkommissarin und Rachegöttin und ist davon besessen, die Wahrheit über diesen Sommer herauszufinden. Unbedingt muss sie wissen, wer von uns recht und also ein Recht auf Bastian hat. Ich für meinen Teil würde aufs Recht haben und auf die Wahrheit verzichten.

Es ist September und trotzdem noch heiß. Mein Trägerkleid klebt an mir. Ich habe das Fenster geöffnet. Der Fahrtwind im Gesicht tut gut. Man kann einfach die Augen schließen und ist beschäftigt.

Jule hat ihr langes Haar, das früher in drei Blondtönen geschimmert hat, abgeschnitten und hennarot gefärbt. In manchen Völkern wechseln diejenigen, die um jemanden trauern oder jemanden verloren haben, die Körperbemalung und schneiden sich die Haare ab. So kommt mir das vor. Vielleicht hat sie auch einfach genug davon, schön zu sein. Der Versuch ist miss-geglückt: Geglückt, weil sie nicht mehr so aussieht wie Jule, und das war wohl der Sinn der Sache, missglückt, weil sie nicht mehr aussieht wie Jule, sondern blass und erwachsen.

Eigentlich, das heißt vor diesem Sommer, war Jules Gesicht mir das liebste von allen. Mit Apfelbäckchen und Lachgrübchen und hellen, grünen Augen. Jetzt kommen mir ihre Augen so grau vor wie das kratzige Polster der Sitze. Jules Mutter denkt, dass die Aktion mit Jules scheußlicher Haarfarbe meine Idee gewesen ist. Sie weiß nicht, dass Jule nicht mal mehr mit mir redet. Und wenn sie es wüsste, würde sie in einem ihrer Ratgeber nachschlagen und mit Expertenmine sagen, dass wir uns eben auseinanderentwickelt hätten, Pubertät und so. Jules Mutter denkt, dass Jule und ich freundschaftsmäßig nicht zusammenpassen. Das ist natürlich nicht die Wahrheit, denn Bastian fehlt in dieser Gleichung.

»Jule?«

Sie reagiert nicht. Aber was sie kann, kann ich auch. Ich setze Kopfhörer auf und vergesse für einen Moment den Zug, unser Ziel und Jules Pokerface. Rio Reisers *Junimond* tröstet mich.

Dass dieser Sommer fast vorbei sein soll, geht mir nicht in den Kopf. Draußen rauschen Kräne, Fluss und Rheinstrand vorbei.

Warum alles genau so gekommen ist, weiß ich nicht. Nur dass es nichts mit dem Scheißmond zu tun hat, das weiß ich.

JUNI

1

PRIVATSTRAND

Vor ein paar Wochen haben die Bagger angefangen, am Ufer Unmengen von feinem weißen Sand aufzuschütten. Wie aus dem Bastelgeschäft. Jule und ich stehen am Bauzaun und staunen hinein ins abgeriegelte Gelände. Das Flussufer hat sich in einen richtigen Strand verwandelt. Unsere Fahrräder lehnen am Zaun. Drinnen stehen blauweiß gemusterte Liegestühle, noch in Plastikfolie eingepackt. Ein Holzsteg schlängelt sich durch die Sandberge, links und rechts davon Farne, Palmen und Kakteen in Terrakottatöpfen. Weiter hinten sehe ich einen Bartresen mit rosa Anstrich. Es gibt sogar einen kleinen, flach abfallenden Flussabschnitt, wo der Sand bis ans Wasser reicht. Zwei Typen klimpern mit einem Schlüssel und schließen ab.

»Kannst du morgen eine Stunde früher kommen?«, fragt der eine, der mit seiner Halbglatze wirkt wie ein Karl-Heinz oder Wolfgang. »Klar«, antwortet der andere, der jünger ist und trendy aussieht wie ein Noah oder Leon. Dann steigen sie in einen weißen Van mit der Aufschrift *Frontera Security GmbH* und sind weg.

Mein Blick bleibt an einem Plakat hängen, auf das in riesigen Lettern das Eröffnungsdatum der Strandbar gedruckt ist. Jule stupst mich an und jetzt sehe ich es auch: Das ist schon bald. Ein kleineres, handgeschriebenes Schild ist direkt daneben angebracht: *Betreten der Baustelle verboten. Eltern haften für ihre Kinder.*

Ich bin nur einmal an einem richtigen Strand gewesen: in Sellin. An der Ostsee. Mit fünf. Die Fotos von uns als Familie, die Sandburgen baut, hat meine Mutter, als sie ausgezogen ist, mitgenommen. Das Einzige, was mir vom Strand geblieben ist, ist ein Gedanke, den ich im Bett in der Ostsee-Ferienwohnung gedacht habe: Nämlich, dass ich mich ewig an diesen Tag erinnern möchte. Natürlich habe ich den Tag selbst vergessen.

»Bescheuert.« Ich zeige auf die Umzäunung.

»Bald ist ja auf«, sagt Jule beschwichtigend.

Da weiß ich, dass sie es nicht kapiert. Jule fährt dauernd mit ihren Eltern in Urlaub. Auf die Malediven, nach Bali, 5-Sterne-Hotels mit *all inclusive* und so. Dann schickt sie Postkarten, die drei Wochen zu spät ankommen.

»Du kannst ja warten, wenn du willst«, sage ich, »aber ich gehe rein.«

Mein Ton tut mir gleich wieder leid. Denn eigentlich ist es nicht Jules Schuld, dass irgendwelche Verwaltungsfritzen das Rheinufer zum Privatstrand erklärt haben. Jule tritt von einem Bein aufs andere.

»Komm schon, Alice. Wir kriegen voll Ärger, wenn die uns erwischen.«

Wen Jule mit *die* wohl meint? Die, die die Schilder machen, die, die die Gesetze machen oder die, die ihr Frühstück machen? Mein Vater macht mir nur noch an meinem Geburtstag das Frühstück.

»Ich gehe rein«, wiederhole ich.

Jule seufzt. Aber dann zuckt sie mit den Schultern und nickt. Ich mache ihr eine Räuberleiter und klettere dann selbst ohne Hilfe rüber. Auf der anderen Seite lassen wir uns in einen Sandhaufen plumpsen. In der Dämmerung sieht der Strand echt super aus: mit weißem, unberührtem Sand und schwarzen Holzstegen. Zuerst laufen wir einen der Holzstege entlang bis zur Bar. Jule setzt sich auf einen Barhocker und lässt die Füße in der Luft baumeln. Um die Barhocker herum stehen mit Edding beschriftete Boxen (*Teller, Martha, Kaffeemaschine*). Dekozeug ist überall verteilt. In den Ecken liegen Lichterketten, eingerollt wie Tausendfüßler. Nicht mal das Schild mit den Preisen ist schon aufgehängt.

Jule schaut sich skeptisch um. »Meinst du echt, dass die bald aufmachen?«

Ich steige über einen Plastik-Flamingo und zucke mit den Schultern: »Keine Ahnung.«

Dann stehe ich hinter der Bar und nehme Bestellungen auf: *Pina Colada* und *Sex on the beach*. Schon von der Idee, dass man uns problemlos für 18 hält, fühlen wir uns beschwipst. Ich lache und mische Phantasie-Cocktails. Dabei öffne ich einen der Retro-Kühlschränke hinter mir.

»Krass!« Jule kriegt Kulleraugen.

»Jackpot«, sage ich.

Reihen von Bierflaschen, Softdrinks und Sekt stapeln sich in den verschiedenen Fächern. Andächtig berühre ich eine Fassbrause. Sie ist warm.

Jule grinst. »Dass die das hiergelassen haben!«

Ich nehme eine Flasche Sekt aus dem Kühlschrank und stelle sie auf den Tresen. Jule schüttelt lachend den Kopf.

»Dann halt jede eine!« Ich grinse.

Jule schaut dabei zu, wie ich mir eine weitere Flasche schnappe und am Korken rumfummele. Ich drehe ein, zwei, drei Mal am Metalldraht. Plötzlich löst sich der Korken und knallt an Jule vorbei an die Decke. Dort schießt er einen Lampion ab und hinterlässt ein Loch in einer Strohmatte. Der Sekt schäumt über und schlabbert den Tresen voll.

»Du bist verrückt«, sagt Jule, aber es klingt ein bisschen wie ein Kompliment, und obwohl sie ihre eigene Sektflasche wieder zurück in den Kühlschrank stellt, nimmt sie einen großen Schluck aus meiner, als ich sie ihr anbiete.

Wir trinken abwechselnd warmen Sekt, ziehen die Schuhe aus und klettern eine Bauschuttdüne hinauf. Oben drehen wir uns immer schneller um uns selbst und torkeln im Sand herum. Wir fallen hin und bleiben auf dem Rücken liegen, Blick zum Himmel.

Jule vermutet, dass Lena garantiert mit einem Typen hinter einer der Bauschuttdünen liegt. Erzählt sie ja jedem. Dass sie es gerne draußen tut. Findet sie romantischer. Wegen Sternenhimmel, Wellenrauschen und den zwei Kilo Sand in der Unterhose. Jule kann nicht aufhören zu kichern. Ich male mit den Zehen Kreise und Schlangenlinien in den Sand. Jule malt Herzen und hält plötzlich inne.

»Neumond«, stellt sie leise fest, »heute passiert etwas Bedeutsames.«

Der Sand fühlt sich kalt an und heimelig nach Kinderspielplatz. Der Rhein rauscht träge vorbei. Jule sieht aufs Wasser. Ich sehe Jule an und dann aufs Wasser. Es ist schon fast dunkel und wahnsinnig schön. Plötzlich taucht ein Umriss in meinem Sichtfeld auf.

»Da ist jemand«, sage ich.

Jule atmet scharf ein und eine Falte erscheint zwischen ihren Brauen.

»Was? Spinn nicht rum.« Angestrengt blicken wir ins Halbdunkel. Kein Zweifel. Auf dem Steg, der ins Wasser hinausreicht, liegt jemand: reglos, Füße im Fluss. Ein Rücken, der fast mit dem Steg verschmilzt. Wieso hat die Person uns nicht bemerkt? Bei dem Lärm, den wir beim Überklettern des Zauns und beim Erkunden der Bar veranstaltet haben.

»Da stimmt was nicht«, sagt Jule leise. »Was, wenn der zur Baustelle gehört, Alice? Wenn der hier ist, um auf das Zeug aufzupassen? Was, wenn der den Kühlschrank checkt? Wenn der die Polizei holt?«

»Jetzt komm mal runter«, sage ich.

»Okay.« Aber Jule fixiert weiterhin mit riesigen Nachteulenaugen den Steg. »Vielleicht ist er betrunken. Oder bekifft. Oder tot? Alice, Mann, meinst du, der ist tot?«

»Nein«, antworte ich und denke, dass die Polizei auf jeden Fall Besseres zu tun hat, als Sektflaschen auf unsere Fingerabdrücke zu untersuchen. Aber plötzlich ist mir von meinem eingebildeten Cocktail schlecht. Füße plätschern durchs Wasser. Der Schatten vor uns verändert seine Form. Setzt der Fremde sich auf? Dreht er sich um? Sieht er zu uns herüber? Oder sieht er nur Schatten und Steg?

»Lass uns abhauen.«

Ich fange an, rückwärts von unserer Bauschuttdüne herabzusteigen. Meine Sandalen habe ich in der Hand. Die halbleere Sektflasche lassen wir liegen. Sand rieselt und Steinchen rollen links und rechts von uns den Hügel hinab. Das klatschende Geräusch nasser Flip-Flops auf Holz passt nicht in die Nacht, weil keiner von uns es erzeugt. Wir beginnen zu rennen. *Platsch* hören wir und *Platsch*. Rennen geht nicht gut, so barfuß über Steine und Bauschutt. Aber in Flip-Flops auch nicht. *Platsch, Platsch, Platsch, Platsch*. »Wartet!«, ruft jemand. Wir rennen zum Zaun. So schnell kann man gar nicht klettern, wie wir klettern. Beim Runterspringen auf der anderen Seite reiße ich mir ein großes Erinnerungsloch in mein T-Shirt. Trotzdem sehen wir unseren Verfolger noch für Sekunden auf der anderen Seite des Bauzauns: Groß ist er. Eins achtzig oder neunzig. Ein Riese mit lockigem Haar, das wirr vom Kopf absteht.

2

NACHTSCHATTEN

Wir schmeißen uns in den Sattel und rasen mit Turbogeschwindigkeit in die Nacht. Ich bin so aufgedreht, als hätten wir gerade eine Hundert-Meter-Staffel gewonnen. Jule muss es ähnlich gehen, jedenfalls lachen wir ununterbrochen.

Für Jule und mich ist das Fahrrad das beste Fortbewegungsmittel. Nicht nur, weil wir mit fast 16 zu alt für ein Pferd, aber zu jung für den Führerschein sind.

Es ist inzwischen ziemlich dunkel. Unsere Schatten überholen uns im Dynamolicht. Wir verlassen die asphaltierte Straße und biegen in ein Wäldchen ein: Blätterdach, Baumrauschen, Nachtschatten. Hier ist es frischer als unter freiem Himmel und riecht angenehm nach feuchter Erde. Jetzt fahren wir nebeneinander. Jule fängt an, ein Lied zu pfeifen. Das machen wir so. Sie pfeift, ich rate den Liedtitel. Nach vier Takten erkenne ich *Bad moon rising* von *Creedence Clearwater Revival.* Es geht um einen Mond, der nichts Gutes verheißt. Den Text kenne ich gut, weil der Song zur Standard-Playlist meines Vaters gehört. Jule lacht.

»Hab ich's nicht gesagt, dass heute etwas Bedeutsames passiert? Der Mond hat uns einen Fremden geschickt.« Sie pfeift weiter. Jetzt geht es um Erdbeben und Blitze.

»Schwachsinn!«, antworte ich.

»Heute gibt's überhaupt keinen Mond, du Freak.«

Jule richtet sich auf ihrem Sattel ein paar Zentimeter auf, gleitet mindestens zehn Meter ohne zu treten, und flüstert eindringlich: »Doch: Neumond.« Sie macht eine gekünstelte Sprechpause und fährt mit Orakelstimme fort: »Wenn der Mond zwischen Sonne und Erde steht, ist die Zeit für große Veränderungen gekommen: Neustart, Neubeginn, tabula rasa. Zum Beispiel kannst du einen Menschen treffen, der dein Leben entscheidend beeinflusst.«

Ich beschließe, dass es keinen Zweck hat, weiter mit Jule zu diskutieren.

Wir passieren ein Feld mit Spielgeräten mitten im Wald, das wir als Kinder oft mit meiner Mutter besucht haben. Schnell fahren wir an den Blockhütten, Rutschen, Wippen und Sandkästen vorbei, die gruselig wirken, so verlassen. Wir müssen uns beeilen. Obwohl wir gleich alt sind, muss Jule sonntagabends um zehn zuhause sein. Mein Vater ist Sozialarbeiter. Familienhelfer, um genau zu sein. Aber das mit dem Helfen klappt nur in fremden Familien, nicht in unserer eigenen. Mein Vater setzt auf Eigenverantwortung. Reden statt Regeln, sagt er. Aber die meisten seiner Worte sind so leer wie das Zimmer meiner Mutter.

Jule und ich biegen in unsere Siedlung ein. Die letzten zwanzig Meter schieben wir die Räder. Dann stoppen wir zwischen unseren Häusern auf der Straße. Jule vor dem Designerheim ihrer Eltern, das wie eine riesige Bauklotzsammlung aussieht und seit Jahren abbezahlt ist, ich vor dem efeubewachsenen Hexenhaus, in dem wir zur Miete leben. Jule umarmt mich.

»Bis morgen«, sagt sie und deutet ein Winken an.

»Bis morgen.«

3

FEUERVOGEL

Gekannt haben Jule und ich uns eigentlich schon immer, denn wir sind am selben Tag auf die Welt gekommen. Unsere Väter sind im Kreißsaal zusammen ohnmächtig geworden. Vielleicht ist die so entstandene Verbrüderung der Grund dafür, dass wir in das kleine Haus gegenüber von Jules Zuhause gezogen sind und auch nach dem Auszug meiner Mutter dort blieben. Jule und ich haben gemeinsam die ersten Löcher in unsere Hosen gerissen, gemeinsam unser erstes Rührei gebraten, unser erstes Popcorn in Kinositze gekrümelt und uns gemeinsam um Sam gekümmert.

Sam ist eine griechische Landschildkröte, die Jule kurz nach ihrer Geburt bekommen hat. Als ich vier Jahre alt war, habe ich Sam beinahe umgebracht. Im Fernsehen habe ich Schildkröten gesehen, die fröhlich um ein Krokodil herumplantschten. Wir hatten zwar kein Krokodil, aber dafür ein quietschbuntes Plastikschwimmbecken. Ich setzte Sam vorsichtig auf der Wasseroberfläche ab. Leider können griechische Landschildkröten nicht schwimmen. Erst zappelte er, dann zog der schwere Panzer ihn nach unten. Mein Vater schrie, sprang ins Planschbecken und rettete Sam das Leben.

Jule hätte es dem ZDF niemals verziehen, wenn Sam wegen der Reportage etwas passiert wäre.

Mir aber auch nicht.

Einmal im Jahr hält Sam Winterschlaf in der Garage. Irgendwann haben wir begonnen, Sams Geburtstag gemeinsam mit unserem eigenen zu feiern. Je älter wir wurden, desto abgedrehter wurden die Partys. Mit Schildkröten-Partyhütchen, Schildkröten-Büfett aus Löwenzahnblättern und Schildkröten-Trinkliedern. Nach einem Streit, wenn Funkstille zwischen uns herrscht, stelle ich mir Jules und meine Freundschaft immer wie Sam im Winterschlaf vor. Sicher verpackt in einer kleinen hölzernen Kiste mit Laub in der Garage. Im Herbst streichelt man Sam über den Panzer, verabschiedet sich und packt ihn ein. Wenn man im Frühling wiederkommt, schaut er sich etwas verwirrt um und bewegt sich nur langsam. Aber nach ein paar Stunden ist er wieder topfit und fröhlich, frisst Salatblätter und Löwenzahn und alles ist wie vorher.

Von draußen scheint das Licht der Türleuchte durchs Milchglas. Ich ziehe meine Turnschuhe aus und stelle sie in den Windfang. Sand rieselt auf Mamas gepunktete Gummistiefel und die Birkenstocksandalen meines Vaters.

Ich trete ins Dunkel des Hausflurs. Die Fliesen kühlen meine Füße und machen sie angenehm schwer. In der Küche öffne ich die Kühlschranktür. Etwas fällt und Glas klirrt, aber zerbricht nicht. Es ist eines der Nagellackfläschchen meiner Mutter. Ich hebe es auf und stelle es zurück zu den anderen mit ihren verheißungsvollen Namen: *Kobalt, Perlmutt, Flieder, Koralle.* Farbe und Lösungsmittel haben sich getrennt wie meine Eltern. Mein Vater hat sie trotzdem an ihrem Platz stehen lassen, als wäre meine Mutter ein vom Aussterben bedrohtes Tier, dessen Lebensraum man erhalten muss. Und ich kann das Zeug irgendwie auch nicht aussortieren und wegschmeißen. Das Einzige, was ich sonst im Kühlschrank finde, ist eine Flasche Orangensaft. Ich trinke einen Schluck, dann gehe ich die Treppe hoch. Aus dem Elternschlafzimmer, das wie Mamas Zimmer und mein Zimmer im ersten Stock liegt, dröhnt *Moonlight Drive* von *The Doors*.

Mit meinem Vater und Musik ist das so eine Sache. Er hört Musik, wenn er noch nicht aus dem Bett will. Weil: Er ist ein bisschen faul. Er hört Musik, wenn er rückwärts durch die Küche schleicht. Weil: Er übt den Moonwalk. Er hört Musik, wenn er dabei versehentlich Espressotassen zertrümmert. Weil: Er ist ein bisschen tollpatschig. Er hört Musik im Auto, am Schreibtisch und sogar auf dem Klo. Mein Vater hat mich mit seiner Musikkrankheit angesteckt. Unsere Playlisten haben sich miteinander vermischt und aneinander angepasst. Manchmal denke ich, Musik ist das Einzige, was wir noch gemeinsam haben.

Ich gehe ins Elternschlafzimmer. Das Licht brennt, aber er selbst liegt im Bett wie ausgeknipst. *The Doors* fordern mich dazu auf, mit ihnen zum Mond zu schwimmen, weisen mich aber auch gleich darauf hin, dass sie mir dabei nicht helfen können. Über Wasser halten muss ich mich schon alleine. Keine Ahnung, wie irgendjemand bei dem Lärm schlafen kann. Mein Vater schnarcht, röchelt, atmet, stoppt: Schlafapnoe. Er ist wieder in einen seiner lebhaften Träume abgetaucht. Früher, direkt nachdem meine Mutter weg war, habe ich mir Sorgen gemacht, dass er einfach nicht mehr aufwacht, und nachts manchmal lange heimlich vor seiner Tür gesessen. Aber er schnauft weiter und weiter, immer irgendwo an der Schwelle zum Stillstand. Ich bahne mir einen Weg durch das Zimmer, dessen Boden voller Kleider ist, und mache die Anlage aus.

In meinem Zimmer nehme ich ein weißes Shirt aus dem Schrank und ziehe das rote Tuch zur Seite, das wie ein Theatervorhang über der alten Nähmaschine meiner Mutter hängt. *Pfaff – German design* liest sich der Übertitel der Vorstellung. Mit Edding kritzele ich den Umriss eines Vogels auf das Shirt und beginne, rote, orangene, pinke, gelbe und braune Stoffreste hineinzunähen. Das Nähen hat mir meine Mutter beigebracht. Manchmal hat das Summen der Nähmaschine mich nachts, wenn ich schon längst schlafen sollte, in ihr Zimmer gelockt. Dann saß ich neben ihr und habe dabei zugesehen, wie aus bunten Quadraten riesige Patchworkdecken entstanden.

Um ein Uhr bin ich todmüde, aber von meinem T-Shirt flackert mich eine grell leuchtende Form an: ein Feuervogel. Ich stelle mir vor, dass die Wärme, die ich im ganzen Körper spüre, von ihm ausgeht. Vielleicht habe ich ein magisches Kleidungsstück geschaffen, das Kraft auf seinen Träger überträgt? Kurz überlege ich, das Shirt mit ins Bett zu nehmen. Stattdessen hänge ich es über die Stuhllehne und dusche noch. Ich putze mir absichtlich nicht die Zähne, ziehe mir einen viel zu dünnen Schlafanzug an und lege mich mit nassen Haaren ins Bett.

Im Traum sind Jule und ich wieder klein. Meine Mutter passt auf uns auf, weil Jules Mutter arbeitet. Trotzdem befinden wir uns in Jules Garten. Denn da gibt es ein Klettergerüst mit Rutsche, ein Trampolin und einen Sandkasten. Wir spielen Familie und streiten uns, weil wir beide die Mutter sein wollen. Die Mutter ist am coolsten.

»Kein Problem«, sagt Mama vom Liegestuhl aus, »ich kann das Kind sein oder der Hund.«

Das finden wir gut. Mutter eins hat Geburtstag. Mutter zwei macht Sandkuchen mit Stöckchenkerzen. Der Hund stürmt rein und frisst alles auf. Um uns wieder zu versöhnen, schleppt er Steingeschenke und Blattgeschenke an. Dann verwandelt er sich in das Kind und singt ein schiefes Ständchen.

Ich schließe die Augen. Als ich sie wieder öffne, bin ich in meinem Zimmer. Es ist mein zwölfter Geburtstag, aber es gibt weder Sandkuchen noch irgendeinen anderen Kuchen, nicht mal was vom Bäcker. Mein Vater hat mich vor der Arbeit geküsst und gesagt: Wir machen am Wochenende eine Riesenparty. Versprochen. Ich schaue die Wand an. Mama liegt auf der anderen Seite in ihrem Zimmer. Plötzlich *drrrr, drrrr,* die Türklingel. Unten steht Jule, mit einem Blech halbverbrannter Muffins.

»Happy birthday!« Ihr blonder Pferdeschwanz hüpft, als sie mir um den Hals fällt.

»Dir auch«, flüstere ich.

Wir essen auf der Couch, bis uns schlecht ist und in allen Ritzen Krümel liegen. Ich höre ein Klopfen am Fenster und drehe den Kopf. Ein Riese mit lockigem Haar beobachtet uns. Sein Gesicht liegt im Schatten. Wir lassen ihn nicht rein. Stattdessen schleichen wir nach oben und klopfen bei Mama an. Keiner antwortet. Wir öffnen die Tür.

»Willst du was essen? Es gibt Muffins?«

Die Decke liegt auf dem Boden. Die Vorhänge rascheln im Wind. Das Bett ist leer.

4

BLITZSCHLAG

Der Wecker klingelt und klingelt. Aber erst als ich an den General denke, gelingt es mir, ein Bein über die Bettkante zu heben und dann noch eins. Eigentlich sitzen wir jetzt, am Ende des Schuljahres, nur noch im überhitzten Klassenzimmer unsere Zeit ab und schauen Filme. Aber nicht beim General. Der General unterrichtet Latein und Sport. Er wirkt durchtrainiert, als würde er im Fitnessstudio pumpen, obwohl er schon richtig alt ist und bestimmt bald in Rente geht. In seinen Sportkurs nimmt er nur Jungs auf. Die lässt er im Kreis rennen, bis sie kotzen. In Latein ist es ähnlich: Wir rennen um Formen im Kreis, bis wir kotzen.

Ich streife mir das Feuervogel-Shirt über, schnappe meinen Rucksack und sprinte die Treppe runter. Mein Vater sitzt am Frühstückstisch, hört laut Musik, trinkt Kaffee und liest Zeitung.

»War spät gestern, oder?«

Ich zucke mit den Schultern. Ich könnte ihn bitten, mich mitzunehmen, um es noch pünktlich zu schaffen. Aber erstens ist unser gelber Corsa das peinlichste Auto der Welt, und zweitens würde mein Vater die Fahrt vielleicht nutzen, um mich auszufragen: *Geht es dir gut? Ist alles in Ordnung?*, während am Rückspiegel der uralte Duftbaum von Mama im Takt der Bodenschwellen hüpft. Dann lieber Ruhe und Rad.

Kurz schaue ich zu Jules Haus rüber. Aber diesmal fahren wir nicht zusammen, denn Jule verschläft nie. Also radele ich alleine übers Feld, bis der Betonklotz, der unsere Schule ist, ins Blickfeld rückt.

Es hat schon geläutet, als ich mein Rad anschließe. Auf der Treppe sehe ich den General, überhole ihn und schiebe mich im letzten Moment vor ihm ins Klassenzimmer. Ich husche auf meinen Platz neben Jule und spüre Lenas Blick im Rücken. Lena glotzt mein Shirt an und tuschelt mit Nala: Irgendwas mit »hässlich« und »farbenblind« kommt bei mir an. Jule bemerkt nichts. Oder jedenfalls tut sie so. Aber ich drehe mich um und zeige ihr kommentarlos den Mittelfinger. Von Lena darf man sich nichts gefallen lassen. So viel ist klar. Eine Woche, nachdem sie in der Achten zu uns kam, begann sie, mit ihren manikürten Nägeln auf Jule zu zeigen und Schmatzgeräusche zu machen, wenn sie vorbeilief. Dabei ist Jule höchstens ein bisschen mollig und kurvig. Ich bin dünn und schlaksig und habe quasi gar keine Figur. Ich würde sofort mit ihr tauschen.

Jule hat nichts gesagt, nicht mal, als Lena kurz darauf ein Bild von Jules Hintern gepostet hat *(#lookatme, #fatbottom, #sorrynotsorry)*. Da hat sie nur geweint. Also blieb mir nichts anderes übrig, als Lena gegen die Backsteinmauer im Hof zu schubsen. Mein Vater wurde in die Schule eingeladen und Lena hatte eine blaue Schulter. Aber das Getuschel hat aufgehört und das Bild wurde gelöscht.

Der General knallt seine Aktentasche auf den Tisch und blickt in die Runde.

»Nala«, ruft er, ohne guten Morgen zu sagen, »Hausaufgaben!«.

Nala rutscht auf ihrem Stuhl hin und her, macht aber keine Anstalten, ihr Heft rauszuholen. Schon klar, dass sie keine Ahnung hat, was in dem Arbeitsblatt steht, das wir zusammenfassen sollten. Ich allerdings auch nicht.

Der General schlägt mit der flachen Hand auf den Tisch, so dass die erste Reihe zusammenfährt.

»Aufwachen! Aristoteles! Die Skeptiker! Schon mal gehört?«

Jetzt schaut Nala am General vorbei an die Wand mit der Harry-Potter-Bemalung der Fünftklässler aus der Projektwoche. Trotzig mit Scheißegal-Gesichtsausdruck, aber peinlich ist ihr das Ganze schon auch.

Der General sieht in die Runde: »Irgendjemand?«

Jule meldet sich, aber er ignoriert sie.

»Alice?«, ruft er.

Ich muss Zeit gewinnen und schiele auf Jules Notizen: *Die Wahrheit* steht da, zweimal unterstrichen, *ist die Übereinstimmung von Verstand und Sache*. Was soll das bedeuten, verdammt?

»Es ging um die Wahrheit«, sage ich zögerlich.

Der General klatscht ironisch Applaus. »Und weiter?«

Ich schiele wieder auf Jules Notizen: *Wahrnehmung ist nicht zuverlässig (Einwand der Skeptiker)*. So selbstbewusst wie möglich mache ich weiter: »Ob jemand die Wahrheit sagt, ist nicht so einfach festzustellen. Manche Dinge stehen zwar fest: dass es regnet, zum Beispiel, oder dass es acht Uhr ist. Aber andere? Die sind eben Auslegungssache.«

Der General sieht mich verständnislos an. Ich kann ihn schon auf meinen Tisch hauen hören, gleich passiert es.

Da öffnet sich plötzlich die Tür und ein Typ schiebt sich rein. Lässig schlurft er in Richtung des Generals. Bestimmt hat er sich im Raum geirrt. Er wirkt älter als wir. Mit seinem kantigen Gesicht, seinem breiten Rücken und seinen gebräunten Unterarmen. Groß ist er und in seinem lockigen, dunklen Haar thront eine Sonnenbrille. Trotz der Hitze trägt er einen langen Schal. Das kurze Ende des Schals kommt vorne auf einem zerknitterten Hemd zum Liegen, das lange berührt fast den Boden.

»Tag.« Er grinst, als würde er mit einem normalen Menschen sprechen, nicht mit dem General, der Fünftklässler zum Frühstück frisst.

»Bitte?«, fragt der General gefährlich leise.

»Ich bin Bastian. Wir sind von der Ostsee hergezogen.«

Bastian mustert uns. Kann sein, er verweilt besonders lange bei mir und Jule. Kann sein, es kommt mir nur so vor. Seine Augen sind dunkel und seine Pupillen so groß, als wäre er auf Drogen oder hätte Tropfen vom Augenarzt bekommen. Und plötzlich ist es wie im Film. Aber nicht wie in einer dieser romantischen Komödien, die mein Vater sich sonntags reinzieht, sondern eher wie in einem Splatter-Movie kurz vor der finalen Kampf- und Metzelszene. Ich sehe was, was du nicht siehst, und das ist: ein Blitzen in Bastians dunklen Augen wie bei einem herannahenden Gewitter. In meinen Ohren donnert es. Woher kennen wir uns? Ich bin mir nicht sicher. Ich zähle die Sekunden runter, doch als sein Blick bei zweiundzwanzig weiterschweift, schlägt der Blitz nicht bei mir, sondern bei Jule ein. Ich sehe was, was du nicht siehst, und das ist: ein kleiner Schreck auf Jules Gesicht und noch etwas, das schwer zu deuten ist. Erst jetzt bin ich mir sicher. Ich sehe was, was du nicht siehst, und das ist: der Strandbar-Typ, der uns gefolgt ist.

5

GEHEIMNISSE

Bastian wird an ein leeres Pult in der ersten Reihe gesetzt. Der General scheint vergessen zu haben, dass er mich gerade abfragen wollte. Ich starre von hinten auf den Schal, der mit einem Ende auf dem Boden liegt. Sein Besitzer dreht sich nicht um. Jule kramt in ihrer Tasche und schiebt mir unter der Bank etwas zu. Erst als ich es schon genommen habe, merke ich, dass es sich um ihren Mondkalender handelt, in dem sie eine Seite mit einem Eselsohr markiert hat. Neben dem Datum und unter der von rechts ins Bild ragenden Mondsichel steht: *Neulicht im Zeichen des Krebses (Wasserzeichen). Krebstage eignen sich zur Aussprache. Nutzen Sie den zunehmenden Mond, um mit sich ins Reine zu kommen.* Diesen Satz hat Jule mit gelbem Textmarker angestrichen. Ich hasse diesen New-Age-Schwachsinn. Ärgerlich klappe ich das Buch zu und gebe es Jule zurück. Der Kalender rutscht von ihrem Schoß und fällt auf den Boden. Da endlich dreht Bastian sich um. Er bückt sich, hebt den Kalender auf und gibt ihn zurück. Sein Blick streift uns nur kurz und bleibt dann an Lena in der letzten Reihe hängen, die hinter uns in die Sichtlinie geraten ist. Lena scheint er – im Gegensatz zu mir und Jule – eindeutig zu erkennen. Bastian kritzelt etwas auf seinen Block. Dann sieht er wieder zu Lena rüber. Er faltet den Zettel doppelt und reicht ihn Jule. Dabei nickt er in Lenas Richtung. Jule zögert einen Moment.

Mit Lena will sie nichts zu tun haben. Aber dann dreht sie sich doch nach hinten und hält Lena den Zettel hin. Erst flackert es nur in Lenas Augen, dann brennen ihre Augen wütende Flecken durch die Maske aus Make-up.

»Von dem Psycho will ich nichts haben«, zischt sie Jule an.

Als wäre das nicht schon genug, um die Aufmerksamkeit des Generals auf sie zu lenken, beginnt in genau diesem Moment eine grauenhafte Version von Beethovens Mondscheinsonate aus Jules Tasche zu dudeln: Jules Klingelton. Sofort schaltet sie ihr Handy aus. Aber der General ist schon bei uns, sackt es ein und lässt sich den Zettel geben. Schnell springt Bastian auf und macht drei Schritte auf Lena zu, die dasitzt wie versteinert. Sofort steht der General zwischen ihnen.

»Hinsetzen!«, brüllt er.

Einen Moment lang denke ich, der General wird Bastian rausschicken, aber dann wendet er sich verärgert wieder Jule zu. Für den Rest der Stunde fragt er sie ab. Aber da ist nichts zu machen, sie hat gelernt. Trotzdem beschließt er, ihr Handy ein paar Tage zu behalten.

In der großen Pause treffen Jule und ich uns hinter den Haselnusssträuchern. Durch ein Loch im Gestrüpp sehen wir Fünftklässler mit Ranzen groß wie sie selbst über den Schulhof rennen. Aber vom Hof aus kann man uns nicht sehen. Hier besprechen wir unsere Geheimnisse. Hier wickelt Jule langsam Lakritzschnecken ab. Sie hat eine Ein-Kilo-Großverbraucherdose, die wasserdicht verschließbar ist, unter dem zweiten Strauch von links versteckt.

Noch bevor Jule den Mondkalender wieder auspacken kann, sage ich: »Der Typ hat uns nicht erkannt.«

Sie zuckt mit den Schultern und lächelt, als wäre sie gerade mit den Gedanken woanders.

»Der war gestern Nacht total weggetreten«, fahre ich fort, »am besten tun wir so, als wäre nichts passiert.«

Jules Lächeln wird jetzt von einem kleinen Kopfschütteln begleitet. Sofort weiß ich, was Sache ist: Sie findet meinen Vorschlag dämlich, sie will sich mit Bastian aussprechen. *Mit sich ins Reine kommen*. Scheißmondkalender.

»Was ist mit dem Sekt?«, fragt sie. »Das Korkenknallen war laut. Und wenn er uns anzeigt, gibt es richtig Stress.«

Es ist ein klassischer Jule-Moment. Immer denkt sie, alles ließe sich durch Reden klären. Aber diesmal muss ich mich wehren. Bastian kennt Lena. So viel ist klar. Wenn er so tickt wie sie, dann machen wir es schlimmer, wenn wir alles zugeben.

»Jetzt pass mal auf«, sage ich. »Einer, der selber einbricht, zeigt nicht an. Einer, der selber einbricht, scheißt auf Regeln.«

Jule hebt plötzlich den Kopf und lauscht. Absätze auf dem Asphalt. Angespannt sieht sie durch das Loch im Gestrüpp.

»Wie abgefahren«, höre ich Nala sagen und kurz darauf sehe ich sie auch. Sie bleibt nur wenige Meter von uns entfernt stehen und schaut Lena bewundernd an.

»Und du hast ihm diese Geschichte abgenommen? Das ist doch total krank.«

Jule und ich wechseln einen Blick.

»Ich mochte ihn eben«, antwortet Lena.

Ihre Stimme klingt plötzlich anders als sonst. Leise und verletzlich.

»Und jetzt kreuzt er ausgerechnet in unserer Klasse auf«, lästert Nala weiter. »Voll daneben.«

Ich will weiter lauschen, aber Jule, die sonst gar nicht auf Krawall gebürstet ist, greift in die Haribo-Dose und wirft eine Handvoll Lakritzschnecken durchs Gestrüpp auf Nala. Weil sie nicht zielen kann, treffen drei die Äste und nur zwei Nala, die herumwirbelt. Wir kommen aus unserem Versteck.

»Was ist an Bastian voll daneben?«, frage ich Lena. »Und woher kennst du ihn?«

Lena fährt sich mit der Hand durch die Haare. »Wieso Bastian?« Sie lächelt verächtlich und klingt jetzt wieder wie immer. »Von Bastian redet hier keiner.«

6

GEWITTER

Die Sonne hat begonnen, richtig sommerlich vom Himmel zu knallen. Gleichzeitig ist es so schwül, als wäre ein Gewitter unterwegs. Unsere Heimfahrt von der Schule ist doppelt so anstrengend wie sonst. Auf der Autobahnbrücke legen wir eine Pause ein. Atemlos sehen wir die Autos unter uns vorbei in den Horizont flimmern. Ab hier geht es bergab. Wir werfen uns freihändig in den Wind und lassen uns bis in unsere Straße tragen. Als wir ankommen, hat Jule mindestens zehn neue Sommersprossen auf den Schultern.

Sie öffnet die Haustür. Die Putzfrau ist gerade fertig und geht an uns vorbei. Jules Mutter ist montags beim Yoga. Wir laufen barfuß übers Parkett, helles Holz, geölt. Vorbei an einer Designer-Stehlampe, Kunstdrucken und einer Apfel-Skulptur aus Plastik. Alles ist weiß und sehr sauber, Arztpraxis light. Arbeitsflächen und Schränke in der Küche glänzen, in der Mitte eine Kochinsel, Gasherd, zwei Öfen, alles Edelstahl. Bodentiefe Fenster öffnen sich in den Garten. Wir wärmen Auberginen und Lachs vom Vorabend in der Mikrowelle auf, matschen alles zusammen, streuen Käse drauf und essen am großen Holztisch, ohne zu kleckern.

Jule macht Hausaufgaben. Ich gehe zum Kühlschrank und finde eine angebrochene Flasche Champagner, die mich an Silvester erinnert. Dieses Silvester war das erste, an dem wir alleine feiern durften. Während Jules Eltern meinen Vater hier unterhielten, feierten Jule und ich zu zweit drüben im Hexenhaus. Wir schauten *epic fails* und *Babyotter-compilations* auf Youtube. Jule legte Tarotkarten. Ich krümelte ein Kilo Chips auf die Karten, rannte vor Jule weg und warf die Karte der Hohepriesterin ins Klo. Jule war beleidigt und ich musste ihr Schokopudding kochen. Und dann saßen wir auf dem Balkon. Der heiße Pudding dampfte und wir redeten, bis unsere Finger blau und unsere Nasen rot waren und es plötzlich zwei nach zwölf war. Als wir rübergingen, drückten Jules Eltern uns Champagner in Kristallgläsern in die Hand.

Ich klimpere Eiswürfel in Gläser und finde Aperol im Spirituosenschrank. Dann fülle ich die Gläser mit Champagner auf und ziehe Jule in den Schatten des Birnbaums im Garten, auf den wir früher immer geklettert sind. Auch unsere Schildkröte Sam hat sich in die kühlste Ecke ihres Geheges verzogen. Wir stoßen an und machen ein gemeinsames Selfie, das ich als Hintergrundbild abspeichere.

Dann spielen wir Wahrheit oder Lüge. Ein Spiel, bei dem ich wilde Behauptungen aufstelle und Jule entscheiden muss, ob sie zutreffen.

»Bastian und Lena kennen sich schon länger«, behaupte ich.

»Lüge! Bastian ist doch gerade erst hergezogen.«

»Mit Bastian stimmt etwas nicht.«

»Lüge! Dass Lena ihn nicht mag, beweist gar nichts.«

»Jule ist in Bastian verknallt.«

»Lüge! Lüge! Lüge!«

Jule kichert und es beginnt zu regnen. Wir bleiben sitzen. Ein paar Tropfen fallen durchs Blätterdach. Es wird dunkel und fast windstill. In der Ferne grollt Donner. Dann schließen sich die elektrischen Dachfenster am Haus und Sturzregen und Wind brechen los. Wir rennen rein und werfen uns auf Jules Bett.

Obwohl ich Jules Hang zu Esoterik hasse, liebe ich ihr Zimmer. An den Wänden hängen Tücher, an den Fenstern schweben Kristalle, die das Licht in Regenbogenfarben brechen, und an der Tür prangt eine Fotografie vom Mond neben dem Bild ihres Schutzengels. So einen trägt sie auch an einer silbernen Kette um den Hals.

»Ich habe was für dich«, flüstert Jule.

Sie öffnet die Nachttischschublade und zieht ein Freundschaftsarmband heraus, das sie anscheinend selbst gemacht hat. Fäden in verschiedenen Blautönen winden sich umeinander und werden an einem Ende von einer kleinen goldenen Kugel zusammengehalten. Ich lege meine Hand in ihren Schoß und Jule befestigt das Armband an meinem Handgelenk.

»Wünsch dir was«, sagt sie. Die Quasten kitzeln auf meiner Haut. »Du musst es tragen, bis es abfällt«, erklärt Jule. »Dann geht dein Wunsch in Erfüllung.«

Natürlich glaube ich nicht an so was. Trotzdem schließe ich die Augen für einen Moment und schicke meinen Wunsch ins All. Für sich selbst hat Jule auch ein Armband gemacht. Sie legt ihre Hand in meinen Schoß und ich muss es ihr anlegen. Dann schlägt sie die Bettdecke mit Ethnomuster über uns wie ein Zelt. Sie betrachtet den Feuervogel auf meinem Shirt.

»Gib nichts auf Lenas Meinung«, flüstert sie. »Ich finde dein T-Shirt echt schön.«

Zusammen hören wir dem Regen auf den Dachfenstern zu. Ich kann mir keinen Ort vorstellen, an dem ich in diesem Moment lieber wäre als unter Jules Bettdecke.

7

SCHATZINSEL

Bastian kommt für den gesamten Rest der Woche nicht mehr in die Schule. Seltsam, dass der General, der Schulschwänzer normalerweise behandelt wie Verdächtige in einem Mordfall, ausgerechnet Bastians Fehlen zu übersehen scheint. Ein Flyer geht in der Klasse rum. Jule und ich erkennen sofort das weitläufige Gelände der Strandbar. *Schatzinsel* heißt sie und am Freitag steigt die große Eröffnungsparty. Alle sind aufgeregt und machen Pläne. Jule besteht darauf, dass wir hinmüssen. Keine Ahnung warum. Schließlich wissen wir, dass dort kein Schatz auf uns wartet. Aber weil Jule nicht aufhört, mich damit zu nerven, gebe ich nach.

Gleichzeitig mit der Dämmerung kommen wir am Rheinstrand an. Überall parken Autos und Reihen von Fahrrädern stehen am Zaun. Das Verbotsschild ist durch eine Holztafel in Weiß ersetzt worden, auf der in bunten Lettern *Schatzinsel* steht. Fackeln brennen links und rechts des Eingangs. Wir treten ein. Ein paar Meter entfernt sehen wir Lena und Nala inmitten einer Gruppe von Beat-Boxern und anderen Knalltüten auf Strandstühlen sitzen. Lichterketten malen helle Tupfen auf ihre Gesichter. Ein muskulöser Typ mit Tribaltattoo hat seinen Arm um Lena gelegt. Jule und ich gehen in die entgegengesetzte Richtung über die Stege. Vorsichtig, als könnten wir jederzeit durchbrechen. Halb befürchten wir, der Besitzer könnte uns plötzlich von hinten an den Schultern packen und rausschmeißen. Aber kaum haben wir uns unter einen Palmenschirm gesetzt, nimmt ein Mädchen unsere Bestellung auf. Jule weiß, dass ich kein Geld habe, und bestellt für mich. Kurz darauf nippe ich an einem alkoholfreien Cocktail. Jule trinkt Limo. Der Himmel macht sich bunt und nach kurzer Zeit ist die Sonne abgehauen.

»Da kommt nichts mehr«, sage ich und fühle mich zum ersten Mal seit unserem Einbruch wieder sicher.

Der Rhein schickt kleine Wellen in unsere Richtung wie einen Gruß. In der Ferne sehen wir die Lichter eines Frachtschiffs.

»Weißt du noch?« Jule deutet in Richtung des Frachtschiffs.

Ich blinzele in die Dunkelheit. Sehe Mama vor mir, die einen Handstand am Ufer versucht, während Jule und ich sie anfeuern. Mama, die nicht aufgibt, bis sie es schafft, vier Schritte weit auf den Händen zu gehen, während ein alter Mann mit Hund stehen bleibt und den Kopf schüttelt. Mama, die mit uns um die Wette rät, was die Frachtschiffe, die vorbeipflügen, geladen haben. Mama, die Tüten voll mit schlickigen Rheinmuscheln und Stöcken hinter uns herschleppt, die wir zuhause zum Trocknen auslegen, bis unser Wohnzimmer stinkt wie eine Kläranlage.

»Nein«, sage ich und nippe an meinem Cocktail.

Jule ist der einzige Mensch, der weiß, wie es mit meiner Mutter sein konnte. Auch als es ihr schlechter ging, ließ sie sich manchmal noch überreden, mit uns an den Rhein zu fahren. Nur gesagt hat sie fast nichts mehr. Dann nahmen wir sie in die Mitte, hakten uns links und rechts bei ihr ein und gingen spazieren.

»War schön mit ihr«, sagt Jule, als hätte sie meine patzige Antwort nicht gehört.

Das Rauschen des Rheins vermischt sich mit dem Strandbarpop. Ariana Grande besingt mit verträumter Stimme die erste Nacht mit ihrem Crush. *You are my moonlight,* säuselt sie aus den Lautsprechern. Jules Oberkörper wiegt kaum merklich im Takt.

Da plötzlich drängt sich zunächst nur ein Ton, dann eine ganze Melodie penetrant in den Vordergrund. *You are my moonlight*: Jemand mit einer richtig schönen Stimme singt den Text eine Oktave tiefer als im Original mit und übertönt Ariana aus der Box. Wir drehen uns um und sehen Bastian. Lässig kommt er auf uns zu. Trotz Dämmerung trägt er seine Sonnenbrille. Gleich ist er bei uns. Er zieht die Sonnenbrille ab und sieht Jule direkt in die Augen, großes Kino. Ich drehe mich weg und blicke betont gleichgültig auf den dunklen Fluss, aber Jule kann ihren Blick nicht abwenden. Zum Kotzen. Bastian lässt den letzten Meter Steg hinter sich, tritt zwischen unseren Liegestühlen hindurch wie ein Filmstar, der auf Applaus wartet, und lässt sich auf ein Sitzkissen fallen.

»Was willst du?«, frage ich.

Vielleicht würde ich es schaffen, netter zu ihm sein, wenn er nicht so gut aussehen würde. Und wenn ich wüsste, was er vorhat. Er grinst schelmisch.

»Freies Land, oder?«

Als er mir meinen Cocktail aus der Hand nehmen will, schubse ihn weg. Damit hat er nicht gerechnet. Er stößt gegen den Tisch, stolpert und landet im Sand. Jule hat in der fünften Klasse eine Streitschlichterausbildung gemacht. Wahrscheinlich, weil so was nützlich ist, wenn man dauernd mit mir herumhängt. Sie setzt sich zwischen uns. Eine Mondsichel zerschneidet den schwarzen Himmel. Die Wolken halten Sicherheitsabstand. Jule sucht erst meinen, dann Bastians Blick.

»Wir können doch über alles reden.«

Stattdessen schweigen wir und messen Kräfte.

Woran erinnert sich Bastian? Und wieso sitzt Jule ein Stückchen näher an ihm als an mir?

Bastian lächelt wie einer, der weiß, dass er schon gewonnen hat. Oder schlimmer: wie einer, der weiß, dass die anderen noch nicht wissen, dass er gewonnen hat. Als hätte sein Lied einen Zauberspruch enthalten. Als hätte er uns in der Hand.

»Passt auf.« Er richtet die dunklen Augen zuerst auf Jule, dann auf mich. »Wir wissen, was am Wochenende passiert ist. Ihr habt nichts gesehen. Ich hab nichts gesehen. Klar?«

»Klar.« Jule lächelt zurück, so dass man ihre Grübchen sieht und ihre Augen im Fackelschein leuchten, obwohl eigentlich gar nichts klar ist.

Ich blicke auf meine Turnschuhe. »Woher kennst du Lena?«

Bastian tut, als hätte er mich nicht gehört.

»Ich hab dich was gefragt«, sage ich und habe Lust, ihn nochmal umfallen zu sehen.

Jule rückt ein Stückchen näher an ihn ran und bietet ihm eine Lakritzschnecke an.

»Ich bin Jule.« Sie kaut.

»Und die?«, nuschelt Bastian, als wäre ich nicht da.

»Alice«, antwortet Jule an meiner Stelle.

»Cool.«

Ich verdrehe die Augen. Als die Bedienung kommt, lädt Jule Bastian ebenfalls ein, und aus irgendeinem bescheuerten Grund fühlt sich das wie ein Verrat an.

Der Mond verschwindet hinter den Wolken. Bastian erzählt, dass sein Vater als Meeresbiologe im neuen AquaCity-Aquarium in der Stadt arbeitet. Damit nur Fische zusammensperrt werden, die einander leiden können und sich nicht gegenseitig auffressen, quasi. Dass er deshalb die letzten Wochen des Jahres in unserer Schule absitzen muss, obwohl die Noten gemacht sind.

Ich schaue aufs Wasser. Frage mich plötzlich, ob Jule wusste oder zumindest gehofft hat, dass Bastian hier sein würde.

»Ich war schon mal mit meinen Eltern an der Ostsee«, sagt sie, »in Travemünde. Ist voll schön da.«

»Ich auch. In Sellin«, sage ich, obwohl ich mich kaum noch daran erinnere.

Bastian zuckt mit den Schultern, als hätte er keine Ahnung, wovon wir reden. Ich will ihn gerade fragen, wo genau er gewohnt hat, da springt er auf und sagt ohne jeden Zusammenhang: »Was macht ihr morgen?« Und ohne unsere Antwort abzuwarten: »Um drei am Aquarium?«

Noch bevor der Mond wieder hinter den Wolken hervorkommt, hat Jule Bastian meine Nummer diktiert, denn ihr Handy liegt immer noch im Schrank des Generals. Bastian winkt und ist weg. Jule und ich probieren jeweils einen Schluck von seinem halb ausgetrunkenen Matetee. Den Rest kippen wir in einen großen Blumentopf.

8

AQUACITY

Das Aquariumsgebäude sieht aus wie irrtümlich am Rheinufer abgeladen. Ein gläserner Würfel direkt am Wasser. Wir schauen uns um: kein Bastian. Trotzdem grinst Jule selig vor sich hin. Anscheinend kann sie nur noch einen Gesichtsausdruck. Ich hoffe, dass Bastian uns versetzt. Dann könnten wir hier weg, uns irgendwo einen Eisbecher teilen und um das Schirmchen streiten. Als mein Handy vibriert, gehe ich nicht ran, sondern gebe es sofort an Jule weiter.

»Er ist schon drin«, sagt sie.

»Na dann«, sage ich.

Von innen scheint das Gebäude den Gesetzen der Physik zu widersprechen. Schon im Eingangsbereich hat man den Eindruck, dass viel mehr Gänge aus der Haupthalle abzweigen, als möglich ist. Aus den Lautsprechern wallt Filmmusik. Von den Wänden strahlen zwei riesige Aquarien türkises Dämmerlicht ab. Die Fische darin sind tropische Farbtupfer aus einem Paralleluniversum. An der Kasse sitzt eine Frau, die selbst aussieht wie ein Kugelfisch: aufgeblasen, glubschäugig, abweisend.

»Zwei Mal Schüler, bitte«, sagt Jule.

»Ausweis dabei?«, blubbert der Kugelfisch.

»Nein«, sage ich.

»Ohne Ausweis voller Preis.«

Es klingt wie ein Mantra, das der Kugelfisch täglich hundertmal wiederholt. Ich drehe mich gerade um und will gehen, da erscheint Bastian hinter dem Drehkreuz. Er hat seine Sonnenbrille im Haar durch eine Schwimmbrille ersetzt.

»Die sind in meiner Klasse«, sagt er zum Kugelfisch, der Bastian daraufhin anlächelt.

Erstmals nimmt die Frau Blickkontakt mit uns auf und zwinkert sogar: »Also dann, Bastian. Ausnahmsweise. Rein mit euch.«

Trotz surrender Klimaanlage ist die Dunkelheit stickig. Nur wenige andere Besucher haben sich bei dieser Hitze hierher verirrt. Wir kommen an einer Landschaft im Stil kubanischer Sümpfe vorbei, in der ein Krokodil kauert. Reglos glotzt es in die Gegend. »Crocodylus rhombifer«, doziert Bastian, ohne auf die Tafel zu schauen, »maximale Körperlänge drei Meter fünfzig, sehr gefährlich, ernährt sich zum Beispiel von Schildkröten.«

Vielleicht Bewunderung, vielleicht etwas anderes liegt in Jules Blick. Auch ich höre Bastian gerne zu. Seine Stimme ist angenehm und tief und er klingt so stolz, als hätte er das Aquarium selbst angelegt.

Während wir gehen, schwingen Bastians und Jules Hände auf derselben Höhe nebeneinanderher, als würden beide darauf warten, sich zufällig zu berühren. Oder bilde ich mir das ein? Neonbeleuchtete Quallen schweben wie Geister vorbei.

Nächstes Becken: gleiche Vorstellung. Bastian scheint jeden Fisch, jedes Krustentier, jede Wasserschlange zu kennen. Ich konzentriere mich darauf, möglichst wenig stickige Luft einzuatmen. Trotzdem ist mir schlecht. Eine Muräne hängt blind ihren Kopf aus einem Felsen. Wir kommen ans Oktopusbecken. Ich starre ins Blau, doch erst nach einiger Zeit sehe ich den kleinen Kraken, der einen Ast so fest umklammert, dass es mich rührt.

»Unheimlich intelligent ist er und ein Meister der Täuschung. Kann fast jede Farbe und Form annehmen, aber keine Farben sehen. Drei Herzen schlagen in seiner Brust. Saugt sich mit acht Fangarmen an seiner Beute fest.«

Wir kommen in eine Art Kino, nur dass anstelle der Leinwand eine Glasfront aus dem Boden ragt. Bastian setzt sich in eine der höchsten Reihen. Jule hat sich an mir vorbei und neben Bastian geschoben. Ich beuge mich vor und stütze mich auf Jules Knie, um mit Bastian zu reden.

»Wo ist denn dein Vater?«

»Der arbeitet.«

Ich rolle im Dunkeln mit den Augen. War ja klar.

Jule erklärt, wie spannend sie Fische fände, und erwähnt ihren Tauchschein.

»Jule«, sage ich, »du warst ungefähr drei Mal im Meer und ansonsten nur im Hotelpool.«

Jule wird blass, wie andere Menschen rot werden.

»Ich tauche schon ewig im Verein«, sagt Bastian.

»Hast du nicht gesagt, du bist gerade erst hergezogen?«, frage ich irritiert.

»Doch.«

Bastian schaut mich herausfordernd an.

Dann schweigt er.

Ein Schwarm Goldbrassen schillert wie Silvesterfeuerwerk durchs Bild, dazwischen huschen dunkle Flecken über meine Netzhaut. Mir ist schwindelig. Wir stehen auf.

»Folge dem Fisch vor dir und halte die Geschwindigkeit des Fischs neben dir. Das sind die einzigen Regeln des Schwarms.«

Jule fängt ein Gespräch über Tiefenrausch an und dieses Mal bin ich fast dankbar. Ich lasse mich zurückfallen, damit ich nicht zuhören muss. Jule sieht Bastian unverwandt an und jedes Mal, wenn er etwas erklärt, lächelt sie und nickt.

Die Musik, die feierlich wirken soll, lastet auf mir. Wie ein unsichtbares Gewicht drückt sie die Luft aus meinen Lungen und macht mir das Schlucken schwer.

Wir betreten das Herzstück des Aquariums: eine Plexiglasröhre von zwei Metern Durchmesser. Das Licht fällt von oben ein. Über uns, um uns, überall blau leuchtendes Wasser, Fische, Anemonen und Felsen wie in einem Riff aus einer Geo-Dokumentation. Versenkt dazwischen die Galionsfiguren pseudo-versunkener Schiffe. Ein Rochen fliegt mit ausgebreiteten Schwingen über uns hinweg. Für einen winzigen Moment ist es schön. Aber als ich zu Bastian und Jule hinüberschaue, stehen sie wieder viel zu dicht zusammen und diesmal gibt es keinen Zweifel: Jules und Bastians Hände liegen ineinander. Aus den Lautsprechern dröhnt der Titanic-Soundtrack.

Plötzlich wird die Wand aus Wasser zu schwer für meine Schultern. Das Kribbeln in Zehen und Fingerspitzen holt mich zurück dorthin, wo ich bin: in einen dunklen Klotz an der Rheinpromenade. Mit einem abgefuckten Typen, der glaubt, uns etwas beweisen zu müssen. Der, wenn ich einen Moment nicht hinsehe, nach Jules Hand greift. Ich will Jules Liebesgeschichte nicht miterleben und nicht stören. Ich habe keine Lust, ihr vor die Füße zu kotzen, und große Lust. Alles gleich schlimm. Der Speichel in meinem Mund schmeckt sauer. Mir ist so schwindelig. Ich muss raus.

Ohne ein Wort stürme ich zurück durchs Labyrinth, vorbei am Goldbrassenschwarm, am Oktopus, am Krokodil, am Kugelfisch, raus aus der Tür in 38 Grad Sommerhitze. Ich lege mich hinter den nächsten Busch flach auf den Boden und warte. Aber mein Atem beruhigt sich nicht. Es fühlt sich an, als würde ich immer weniger Luft bekommen. Ich kann nicht genug einatmen. Schnappe nach Luft. Scheiße. Mein Herz klopft viel zu laut im Kopf herum. Grüne und blaue Blitze durchlöchern meine Gedanken. Ich weiß, ich muss ausatmen, ich hyperventiliere, aber es hat keinen Zweck. Ich brauche eine Tüte, woher kriege ich eine Tüte? Ich ersticke hier, nur 50 Meter von Jule entfernt. Ich muss mich bemerkbar machen, denke ich.

Dann stürzt die Wasserwand, die ich gerade noch getragen habe, über mir zusammen, die schwarzen Gänge falten sich um mich herum und alles wird dunkel.

9

JOHN LENNON

Ich bin durchgeschwitzt und liege noch an derselben Stelle. Aber mein Atem geht wieder normal und mein Herz hat aufgehört, zu randalieren.

Drinnen: Jule.

Drinnen: die Fische.

Drinnen: Bastian.

Draußen: ich.

Über mir eine Wolke, die aussieht wie ein Oktopus. Die Fangarme lösen sich im Blau des Himmels auf. Jule soll mich finden, sich kümmern, fragen, was los ist. Steine drücken mir in den Rücken. Eine Ameise krabbelt über meinen Unterarm. Irgendwann zwinge ich mich, aufzustehen. Ich schließe mein Fahrrad von Jules Rad los. Es steht jetzt ganz alleine da, ein Beutetier in Pink. Selbst schuld.

Am Abend liege ich in meinem Zimmer auf dem Bett und sehe raus. Von hier aus habe ich einen direkten Blick auf Jules Fenster gegenüber. Ihre Vorhänge sind zugezogen. Jule und Bastian. Jule und Bastian. Jule und. Wenigstens könnte sie von Bastians Handy aus kurz eine Nachricht schreiben. Sie könnte an meine Tür klopfen. Sie könnte Sam durchs offene Fenster werfen. Und Sam trüge einen Zettel im Maul, auf dem nur ein Wort steht: *Entschuldigung.*

Ich finde eine Packung Lakritze aus Jules Vorrat im Kleiderschrank und schaue wieder raus. Der Mond frisst sich Kummerspeck an. Irgendwann geht das Licht in Jules Zimmer an. Hinter dem Vorhang huschen Schatten durch den Raum. Licht wieder aus. Ich hole die Nähmaschine raus und packe sie wieder weg. Ich kritzele lustlos mit Bleistift auf einem Blatt herum. Dauernd schleichen sich Flüsse ins Bild, Oktopusarme und Jule. Ich mache Handstand. Ich höre Musik. Ich mache Selfies mit Alienfilter und kann nicht über mich lachen. Ich esse mehr Lakritze. Ich stehe auf einem Bein. Ich verschlucke mich. Ich heule den Mond an.

Erst am Sonntag gegen Mittag vibriert mein Handy. Das Display zeigt Bastians Nummer an.

»Hi«, sagt Jule.

»Hi«, sage ich und fühle mich endlich leichter, so leicht ...

»Du bist auf Lautsprecher« ... wie ein Stein.

»Alles okay bei dir? Du warst so schnell weg.«

»Klar«, sage ich. Ich will eigentlich leise, ganz leise sprechen, so dass mich nur Jule hören kann, aber.

»Bin bloß umgekippt und beinahe erstickt.«

Boom. Stille.

»Wir haben dich überall gesucht«, sagt Bastians Stimme.

»Klar. War ja auch schwer, mich zu finden. Bei unseren Fahrrädern.«

»Wir waren halt drin.« (Jule)

»Und anrufen konntest du nicht?« (Ich)

»*Du* bist doch abgehauen.« (Jule)

»Kein Empfang.« (Bastian).

Und letzten Abend kein Empfang?

Und am Morgen kein Empfang?

Kein Empfang, am Arsch.

Ich will etwas richtig Fieses sagen und auflegen.

»Eigentlich haben wir nicht gesucht. Nicht so richtig.« Jule klingt plötzlich zerknirscht. »War blöd. Tut mir leid.«

Und das ist zwar scheiße, aber wenigstens wahr.

»Okay.«

Der Lautsprecher macht auch das Schweigen laut.

»Wir haben Picknick geplant. Kommst du mit?«

Ich sage nichts.

»Komm schon.«

Jule klingt verärgert, als ob *sie* Grund dazu hätte.

»Wir treffen uns um fünf an der Brücke zum Wäldchen.«

Bevor ich nein sagen kann, legt sie auf.

Wir haben geplant, hat Jule am Telefon gesagt, *wir* treffen *uns*. Ich schaue raus, aber *wir* fahren anscheinend nicht gemeinsam zum Treffpunkt.

Bastian wartet schon an der Brücke. Ich sehe Jule vom Rad steigen und Bastian zur Begrüßung umarmen. Sie vergräbt ihre Hände in seinem dunklen Haar. Dann bin ich bei ihnen angekommen und weiß nicht weiter. Jule nickt mir zu und grinst verlegen, als hätte ich sie beim Fremdgehen ertappt. Bastian will mich ebenfalls umarmen. Aber ich steige nicht vom Rad. Die Umarmung verunglückt auf halber Strecke.

»Ich hab John Lennon mitgebracht.«

»Wen bitte?«, frage ich.

»Meinen Hund.«

»Sollen wir auf ihn warten?«, fragt Jule.

Bastian schüttelt dann den Kopf.

»Lass mal. Der kennt sich im Wäldchen aus. Wenn wir nicht so rasen, folgt er uns einfach.«

Also daddeln wir ziellos und ziemlich langsam durch die Gegend, um John Lennon nicht abzuhängen. Die Nachmittagssonne brutzelt uns, aber sobald wir unterm Blätterdach sind, ist es auszuhalten. Bastian fährt vor mir. Trotz Hitze trägt er diesen affigen Schal und darunter wie immer ein zerknittertes Hemd. Er hat so ein blaues Hollandrad mit Korb am Lenker. Ich bin mir nicht sicher, ob es zu seiner Hipster-Ausstattung gehört oder ob er es seiner Mutter geklaut hat. Jule, die sonst immer so spontan war wie ein Einmachglas, fährt neben mir mit neuem Abenteuergesicht und hat ausgecheckt aus der Realität. Ihre blonden Haare fliegen im Fahrtwind. Wenigstens können die beiden nicht Händchenhalten, solange wir Rad fahren.

Lässig wie ein riesenhafter Hippie steht uns plötzlich eine Trauerweide im Weg und wir sehen Wasser. Irgendwie sind wir an dem Baggersee gelandet, vor dem Jules Eltern uns regelmäßig warnen: steilabfallendes Ufer, Geröll, Temperaturschwankungen und so. Zugegeben, das gezackte Loch hinter der Weide passt nicht in den Wald, aber gebaggert wird hier sicher seit Jahren nicht mehr. Die Bäume haben den Schock überwunden und strecken ihre Wurzeln nach dem Wasser aus. Die ausgefransten Ränder sind mit Gras bewachsen.

Wir fahren ein kleines Stück am Ufer entlang. Als wir eine Bucht sehen, halten wir an und Jule breitet eine bunte Picknickdecke aus. Dann räumt sie Tupperdosen aus ihrer Tasche und kommentiert: »Toast, Oliven, Käsewürfel, M & Ms.«

Ich setze mich auf die Decke. »Nüsse, Tofu, Cracker, Sardinen.«

Bastian räumt ebenfalls Zeug aus seinem Rucksack, kommentiert aber nicht: eine Hundeleine, eine Flasche Rotwein, eine Flasche Mückenspray.

Wir essen abwechselnd Oliven und M&Ms und lassen flache Steine übers Wasser springen. Bastian sitzt zwischen uns. Zuerst gibt er sich Mühe, weder Jule noch mich zufällig zu berühren. Aber als Jule ihren Kopf auf seine Beine legt, lehnt er sich an mich. Nur ganz kurz. Bestimmt hat Jule ihn nur aus dem Gleichgewicht gebracht. Er lächelt.

Bastian pfeift und ruft nach John Lennon, aber der kommt nicht.

Wir bauen eine Sandburg mit Graben und Zugbrücke aus Matsch und verzieren sie mit den Scherben einer alten Bierflasche. Bastian schmuggelt drei Stockmenschen auf die Zinnen. Aber einer sieht merkwürdig aus, weil er zu viele Beine hat. Bastian nebelt sich mit Mückenspray ein und diskutiert mit Jule, ob es giftig ist, wenn das Zeug auf den Käsewürfeln landet. Wir essen Käsewürfel mit Mückenspray und überleben. Jule und ich graben Bastians Füße ein. Als er sich freigestrampelt hat, sind wir matschbefleckt. Bastian zieht sich bis auf die Boxershorts aus und zeigt grinsend in Richtung Wasser. Auch ausgezogen sieht er anziehend aus. Alles ist am richtigen Platz, die Muskeln an Schultern und Rücken, die dunklen Haare an seinen Beinen. Haben Jule und Bastian einander schon nackt gesehen? Hat sie die Narbe, die sich unter seinem linken Schulterblatt die Wirbelsäule entlangzieht, im Dunkeln erfühlt? Oder war es doch anders und die beiden haben sich vor Jules Haustür voneinander verabschiedet?

Bastian steckt sich ein Gänseblümchen hinters Ohr und dreht sich zu uns um: »Kommt ihr?«

Ich ziehe mir mein Trägerkleid über den Kopf und stehe in schwarzem BH und Slip da. Jule zögert. Anscheinend stand Schwimmen nicht auf ihrem Programm. Aber weigern kann sie sich nicht mehr. Nicht, nachdem ich schon ausgezogen bin. Klar weiß ich, wie Jule ohne Kleider aussieht, aber jetzt sehe ich sie mit Bastians Augen: Sie trägt weiße Unterwäsche mit Blümchenaufdruck wie aus der Kinderabteilung. Aber mindestens eine Körbchengröße größer als ich. Um ihren Hals baumelt das silberne Schutzengelkettchen. Ich bin überall eckig und kantig, als hätte mein Körper keine Lust auf Umarmungen. Jule dagegen sieht kurvig und einladend aus. Bastian wartet schon im Wasser.

»Glotz nicht!«, rufe ich und nehme Jules Hand.

Gemeinsam zählen wir bis drei und laufen los. Schlamm quetscht sich zwischen unseren Zehen durch. Wir stehen bis zur Hüfte im See. Bastian spritzt Wasser in unsere Richtung. Wir schubsen einander und tunken uns gegenseitig unter. Jules und Bastians Körper fühlen sich im kalten Wasser angenehm warm an und ich weiß nicht, an wessen Arm ich ziehe oder wer meine Schultern unter Wasser drückt. Und dann schubse ich zurück und mogele mich dazwischen und drücke Schultern unter Wasser, von denen ich nicht weiß, wem sie gehören und lasse erst los, als ich muss. Ich will ja keinen ertränken. Ich will mir nur ein bisschen Wärme stehlen oder Gänsehaut oder beides.

Genau in dem Moment, als Jules Lippen eine bläuliche Farbe annehmen, macht Bastian einen Vorschlag: »Ich schwimme bis zum Steinbruch. Seid ihr dabei?« Wir antworten nicht. Der Steinbruch ist auf der anderen Seite. Da müssen wir durch den ganzen See.

»Traut ihr euch nicht, oder was?«

Ich schaue Jule an. Sie denkt nach.

»Bleib du doch lieber hier«, sage ich. Ich weiß, dass sie nicht so gut schwimmt. Sie schüttelt entschlossen den Kopf. Was soll ich sonst sagen? Ich kraule los.

Bastian und ich sind schnell weit draußen, Jule schwimmt ein Stück hinter uns. Am anderen Ufer steht eine verrostete Plattform, Teil des Kieswerks von früher. Ich bin von Kraulen auf Brustschwimmen umgestiegen und versuche, die Plattform bei jedem Auftauchen eine Sekunde lang ins Blickfeld zu nehmen. Es ist anstrengend, mit Bastian mitzuhalten.

Wei-ter, wei-ter, wei-ter, schwimme ich durchs Wasser: auf und ab mit möglichst gleichmäßigen Zügen. Der Juni steckt nur in den zehn Zentimetern unter der Oberfläche, das Wasser darunter ist eiskalt. Es macht meine Beine schwer und plötzlich habe ich das Gefühl, dass ich keinesfalls anhalten darf, weil sonst die Kälte, die von der Hitze meiner Schwimmbewegungen in Schach gehalten wird, Besitz von mir ergreift und mich nach unten auf den schlammigen Grund mit den Hechten und Wasserpflanzen zieht. Ich schwimme, so schnell ich kann. Bastian, Bas-tian, Bas-tian hinterher. Wir sind noch nicht mal halb durch den See geschwommen. Jule, weit hinter uns, hat erst ein Drittel hinter sich.

Ich schaue mich nach ihr um und weiß sofort, dass etwas nicht stimmt. Sie lässt sich auf dem Rücken treiben und strampelt nur ab zu ein wenig mit den Beinen.

»Ich schwimme zurück«, rufe ich Bastian zu, der vielleicht zehn Meter vor mir ist. Dann schwimme ich auf Jule zu. Ich bin schon völlig fertig. Ju-le, Ju-le, Ju-le, Jule liegt reglos wie auf einer unsichtbaren Luftmatratze vor mir im Wasser.

»Alles ok?«, frage ich.

Keine Antwort. Ich rüttele an ihrer Schulter, die sich kalt anfühlt. Da klammert sie sich plötzlich an mir fest. Ich strample, habe aber Schwierigkeiten, mich über Wasser zu halten.

»Ich pack das nicht«, sagt Jule. Sie ist so schwer und mir so wahnsinnig nah. Jule zieht mich runter.

Wir schlucken beide Wasser.

»Klar packst du das, ich schwimm neben dir, siehst du?«

Aber eigentlich ist das nicht wahr, eigentlich versuche ich, von Jule wegzuschwimmen. Richtung Ufer. Wir schwimmen langsam, so langsam, dass ich nicht weiß, ob wir uns überhaupt vorwärtsbewegen. Und dann ist plötzlich Bastian bei uns.

»Brauchst du Hilfe?«, fragt er.

Die Bäume schütteln gehässig die Köpfe im Wind.

Aber Jule sagt: »Bitte.«

Bastian greift ihr von hinten unter die Arme und zieht sie durchs Wasser. Sie liegt auf ihm und schmiegt den Kopf an seinen Arm. Und plötzlich, ohne dass ich es will, frage ich mich, ob Jule wirklich nicht mehr kann oder ob sie sich nur gerne von Bastian retten lässt.

Als wir den Uferschlamm erreichen, zerrt Bastian Jule an Land, als wäre sie eine Puppe. Ihr Blümchen-BH ist durchsichtig geworden. Bastian nimmt die Picknickdecke und wickelt Jule darin ein. Tupperdosen fallen in alle Richtungen und ein paar Oliven rollen Richtung See. Die Decke ist unten mit Silberfolie isoliert und knistert. Dann hält er Jule von hinten umarmt, um sie zu wärmen, und sie hört auf zu zittern.

Mir ist selbst kalt und meine nasse Unterwäsche klebt an mir. Als ich mein Kleid überstreife, erscheinen sofort dunkle Flecken an Brust und Po.

Bastian schlägt vor, John Lennon zu suchen und heimzufahren.

»Schwachsinn«, sage ich, »Es kann doch nicht sein, dass wir hier stundenlang rumhängen und der Scheißhund taucht nicht auf. Was soll das denn für ein Hund sein?«

Bastian sieht mich an, als wäre ich ein bockiges Kind.

»John Lennon?«, ruft er. »John Lennon!«

Jule kuschelt sich in Bastians Arm.

»Vielleicht hat John Lennon sich verletzt und liegt jetzt im Unterholz und braucht Hilfe«, sagt sie.

Sie macht aber keine Anstalten aufzustehen.

»Du bist doch sicher, dass du ihn mitgebracht hast?«

»Ganz sicher«, sagt Bastian.

Ich zucke mit den Schultern, steige auf mein Rad und mache mich auf den Heimweg. Es dämmert. Die nasse Unterhose nervt. Ich steige ab, friemele sie unter meinem Kleid hervor und werfe sie in den See. In der Ferne höre ich Jule und Bastian.

»John Lennon?«, ruft Jule Stimme.

»John Lennon!«, ruft Bastians.

Ich blicke in den Himmel und fühle mich genauso halb wie der Mond.

10

STERNENNACHT

Der Montag fängt als Neuauflage des letzten Montags an. Ich stehe zu spät auf und schaffe es gerade noch auf den Platz neben Jule, bevor der General die Tür schließt. Aber jetzt entwickelt die neue Woche ein Eigenleben.

»Pass doch auf«, sagt Jule, als ich sie versehentlich beim Hinsetzen anremple. Bastian kommt herein. Der General, der Zuspätkommer eigentlich grundsätzlich abfragt, runzelt nur die Stirn. Bastian setzt sich auf Jules andere Seite und packt im Rhythmus eines Lieds, das nur in seinem Kopf existiert, fröhlich seine Sachen aus. Das heißt, einen Stift und ein Blatt Papier. Mehr hat er nicht dabei. Lena ist nicht da. Der General stellt Fragen und Bastian meldet sich. Auch in Mathe hat er ständig die Hand oben. In der Pause verziehen sich Bastian und Jule gemeinsam hinter die Haselnusssträucher. Ich gehe schon zur Turnhalle vor. Früher, als meine Mutter mich noch zum Turnen und überall hin gekarrt hat, war ich mal richtig gut in Sport. Aber dann habe ich aufgegeben. Vielleicht aus Faulheit, vielleicht, weil Sport das einzige Fach ist, in dem es bei Jule nicht rund läuft. Aus Freundschaft oder so.

Viertel vor zehn. Der General rennt mit seinen Rekruten im Kreis. Bastian ist nicht dabei. Die Mädchen quälen sich bei Frau Schmidt mit Hochsprung ab: Fosbury Flop. Wir stehen an, um im Halbkreis auf die gelbe Stange und die blaue Matte zuzurennen und wie Idioten rückwärts drüber zu hüpfen. Wir beginnen bei einem Meter. Jule steht vor mir in der Reihe.

»Wie war's denn gestern noch?«

Jule zuckt mit den Schultern: »Gut.«

Wir rücken nach vorne.

»Ist schon was gelaufen zwischen euch?«

Jule läuft an wie ein besoffener Welpe, springt versehentlich mit beiden Beinen ab und reißt schon beim ersten Versuch die Latte. Nala lacht. Ich komme drüber.

»Nee. Küssen halt und so.«

Ich denke an das Licht in Jules Zimmer Samstag Nacht.

Ein Meter zehn. Diesmal verpatze ich den Anlauf und reiße die Latte und Jule kommt irgendwie drüber.

»Findest du nicht, dass Bastian seltsam ist?«

Ein Meter zwanzig. Wir passen und schauen den anderen zu. Elf Grashüpfer, gekleidet in H & M-Sportswear.

»Du musst nicht scheiße sein, nur weil du einsam bist«, sagt Jule. *Boom.* Wie bitte? Spinnt sie jetzt?

»Jetzt komm schon, Jule. Der Quatsch mit den Fischen. Und Lena. Und der Hund. Habt ihr den Hund noch gefunden? Nein? Weißt du warum? Weil es den Hund nicht gibt. Darum.«

Jule rennt zwei Mal absichtlich an der Stange vorbei. Ich nehme Anlauf, laufe einen Halbkreis und springe die Einsdreißig und die Einsvierzig ohne Fehler. Alle außer Jule applaudieren.

Weil Jule sich erst hübsch machen muss, bin ich schneller wieder aus der Umkleide draußen. Ich will gerade los in Richtung Kunstraum, da sehe ich, dass Bastian an der Ecke der Turnhalle wartet. Eigentlich habe ich keine Lust, mit ihm zu reden, aber dann denke ich an Jule, wie sie auf den Boden sieht und nicht klatscht, Jule mit der durchsichtigen Blümchenunterwäsche in Bastians Arm, und plötzlich habe ich doch Lust.

»Wo warst du denn?«, frage ich.

»Attest«, sagt Bastian. »Bin von Sport befreit.«

Was genau er hat, erzählt er nicht.

»Ich habe die Geschichte vom Feuervogel gelesen.«

Ich habe keine Ahnung, was er meint.

»Wegen dem T-Shirt, das du an meinem ersten Tag hier getragen hast. Das mit dem Feuervogel.«

Ich zucke mit den Schultern und verstehe immer noch nichts.

»Das ist ein russisches Märchen«, fährt er fort, »und ich hab es deinetwegen gelesen.«

Abgefahren. Aber irgendwie süß.

»Und? Ist es schön?«

Bastian nickt und einen Moment lang sehen wir uns an, als wüssten wir beide, dass es noch mehr zu sagen gibt.

Aber da kommt Jule um die Ecke.

»Worüber redet ihr?«

Ich: »Märchen.«

Sie: »Ja klar.«

In Kunst setzt Bastian sich zwischen uns. Wir malen mit Ölpastellkreide und auf Papier, das sich störrig anfühlt wie Pappe. Am Anfang der Stunde wirft Frau Wagner mit dem Beamer Bilder an die Wand und erzählt: Monets *Japanische Brücke* mit blauem Geländer und Seerosenteich. Van Goghs *Sternennacht* mit Bäumen wie Flammen und Wolken wie Wellen und leuchtendem Mond. Wir sollen auch was mit breitem Strich und viel

Farbe zaubern. Bastian hat kein Kunstzeug. Er bekommt Pappe aus dem Schulschrank, stiehlt lachend abwechselnd von Jule und mir und steckt die falsche Kreide in den falschen Kasten zurück. Während er ohne erkennbare Ordnung Farbe auf seine Pappe schmiert und mit den Fingern verreibt, erzählt er. Bastian findet Impressionisten und Expressionisten cool, weil sie einfach malen, was sie sehen. Auch wenn sie wissen, dass Bäume eigentlich nicht schwarz sind und Berge nicht blau und Sterne nicht grün. Weil das egal sei, wenn sie sich so anfühlten: schwarz oder blau oder grün.

»Ich weiß nicht«, sagt Jule, »ein bisschen seltsam ist das schon.«

Ich nicke, bin aber insgeheim auf Bastians Seite. Ich verstehe, was er meint.

Weil ich in der Pause nichts zu tun habe, so ohne Jule, verschanze ich mich in der Schulbibliothek und nehme ein Buch mit rotem Einband und Titel in Goldprägung aus dem Regal: Russische Märchen. Ich checke das Inhaltsverzeichnis. *Die purpurrote Blume, Väterchen Frost, Die Froschprinzessin* – und hier: *Der Feuervogel*. Ich schlage das Buch auf der richtigen Seite auf, das heißt, ich will es aufschlagen, aber die richtige Seite scheint sich mir zu entziehen. Ich blättere von vorne nach hinten und von hinten nach vorne und wieder von vorne nach hinten, bis ich verstehe, was los ist: Jemand hat das Märchen, das *Feuervogel* heißt, aus dem Buch gerissen. Genau an der Stelle, wo es sich befinden sollte, fehlen zwei Seiten.

Nach der Schule fährt Bastian auf seinem Hipsterrad mit zu Jule. Jule fragt, ob ich nicht nach Hause müsste, und ihr Blick sagt mir, dass ich die beiden allein lassen soll. Aber das ist *mein* Montag. Schon immer. Also denke ich nicht daran.

Jule hat ihren Schlüssel vergessen und klingelt lieber Sturm, als mich um den Ersatzschlüssel zu bitten. Der liegt in meinem Zimmer im Nähmaschinenkasten versteckt. Einmal sind Jules Eltern gemeinsam auf einer Ärztetagung mit Übernachtung gewesen und Jule hatte den Schlüssel vergessen. Ihre harmlos wirkende Haustür ist in Wirklichkeit eine Hochsicherheitstür. Der Schlüsseldienst fummelte zwei Stunden am Schloss rum und stemmte hässliche Spuren in den Kunststoff. Gebracht hat es nichts. Jules Eltern mussten früher heimkommen, fanden es aber beruhigend, dass die Tür nicht nachgegeben hat. Seitdem liegt der Ersatzschlüssel bei mir.

Die Putzfrau öffnet uns schließlich und wir treten zu dritt durch die Tür. In der Küche wärmen wir uns Curry auf und quetschen Ketchup drüber.

»Dein Bild vorhin in Kunst war richtig schön«, sagt Bastian.

Ich lächele und zucke mit den Schultern. Ich glaube nicht, dass Bastian richtig hingeschaut hat. »Meine Mutter malt.«

Bastian schleppt drei Bildbände aus der Bibliothek von Jules Eltern an, um mir eine bestimmte Malerin zu zeigen: Wir blättern die Bildbände durch, können die Malerin, die er sucht, aber nicht finden. Ich mag, wie Bastian mit den Seiten raschelt, wie er von Farben erzählt und wie er sich die lockigen Haare hinters Ohr klemmt.

Jules Mutter kommt vom Yoga heim.

»Musst du nicht heim, Alice?«, fragt Jule wieder.

Bastian protestiert.

Wir hören Musik und legen dabei Tarotkarten ohne *Hohepriesterin*. Bastian zieht den Tod und den Narren.

Es klopft an der Tür. Jules Mutter hat gekocht und lädt mich ein, zu bleiben. Danach will Bastian uns beiden unbedingt noch einen Film zeigen.

Jule fragt: »Gehst du jetzt mal?«

Da gebe ich mich geschlagen und gehe.

11

HÖHENFLIEGER

Es ist Donnerstag und Jule und Bastian haben sich wie am Abend davor und am Tag davor und am Tag davor hinter die Vorhänge von Jules Zimmer verzogen. Ich versuche, nicht hinzuschauen. Ich suche im Internet nach einer Mitarbeiterliste des AquaCity-Aquariums. Natürlich gibt es keine wegen Datenschutz und so, nur ein Kontaktformular. Unter Bastians Namen finde ich auch nichts. Ich googele *Malerin* und *Expressionismus*. Es gibt nicht viele im Vergleich zu den Männern. Ich scrolle mich durch Treffer bis Seite 4 und frage mich, welche Malerin Bastian mir zeigen wollte. Ein Selbstporträt fesselt mich. Eine junge Frau mit zackigen Zügen, dämonischem Blick und schwarzem Haar. Sie sieht ein bisschen aus wie meine Mutter in ihrer krassesten Phase. Oder sehe ich in Bastians Kopf so aus? Ich schließe den Tab. Jule hat ihr Handy vom General wiederbekommen. Trotzdem kommt eine Nachricht von Bastians Nummer bei mir an:

> Morgen Abend Überraschung,
> kommst du?

Stammt diese Nachricht von Jule? Oder will Bastian sich mit mir verabreden?

Wohin?

Ich muss nicht lange auf eine Antwort warten.

Hab doch gesagt Überraschung. Hole dich um 5 Uhr ab. Ziehst du den Feuervogel an?

Plötzlich bin ich mir sicher, dass es Bastian ist, der schreibt. Ich lege das Shirt raus und packe es wieder weg und hole es wieder raus. Ich sehe Bastians Gesicht vor mir, wie er sich freut, dass ich den Feuervogel trage.

Ich stolpere durch soziale Netzwerke. Bei einem Profil, das mir zuvor nie aufgefallen ist, bleibe ich hängen. Username: *Höhenflieger*. Das Bild ist von oben aufgenommen und zeigt die Kante eines Flachdachs. Darauf sitzt jemand und lässt die nackten Füße über dem Abgrund baumeln. Der Nagel am kleinen Zeh ist blau, fast schwarz, als wäre etwas Schweres draufgefallen. Darunter nichts als Abgrund, vierzig Meter vielleicht, und eine stark befahrene Straße. Ich sehe mir das Profil an, auf dem sich nur drei Beiträge befinden und bin überrascht: Auf einem Bild sehe ich unser Sportstadion, aber die Perspektive ist ungewöhnlich. *Höhenflieger* ist auf den Lichtmast geklettert und hat ein 180-Grad-Foto geschossen. Das Grün des Kunstrasens erstreckt sich nach allen Seiten und hinter den Zuschauertreppen geht gerade die Sonne auf. Das Bild wirkt trotz der schwindelerregenden Höhe, in der es aufgenommen ist, so friedlich, dass ich gern dabei gewesen wäre. Auch den nächsten Ort erkenne ich. Es ist unsere Rheinbrücke, nur dass die Person, die das Foto gemacht hat, auf der falschen Seite des Geländers steht. Nur den Ort des ersten Fotos kann ich nicht zuordnen. Wo könnte das sein? In unserer Altstadt gibt es nur niedliche Fachwerkhäuser. Das Hochhaus muss also außerhalb am Stadtrand stehen, wenn das Bild ebenfalls hier in der Gegend aufgenommen ist. Ich klicke auf *»Folgen«*.

Wohin Bastian mich wohl mitnehmen will? Oder ist es doch Jule, die mich überraschen will? Auf der anderen Straßenseite brennt noch Licht. Ich schließe die App und mache Nacht auf meinem Screen.

12

TSUNAMI

Solange Bastian dabei ist, müssen Jule und ich nicht klären, warum wir uns gestritten haben. Um fünf nach fünf klingelt es an meiner Tür. Eine Sekunde lang bin ich enttäuscht, dass Jule und Bastian gemeinsam auftauchen. Aber was hatte ich erwartet? Schließlich ist Bastian Jules Freund, nicht meiner.

Auf den Rädern passieren wir das Niemandsland zwischen Rheinbewaldung und Damm und fahren dann am Ufer entlang. Links neben uns faulenzt der Rhein in seinem begradigten Bett. Das Wasser schwitzt brackigen Abwassergeruch in die Luft. Zwei Industriekräne auf der anderen Uferseite zerschneiden den Abendhimmel schräg in ungleiche Flächen. Dahinter die Stadtlichter, die man, weil es noch hell ist, nur ein bisschen sieht. Krass sieht das aus, wie im Museum: Rhein 2.0, Acryl auf Leinwand. Der Mond hat wie Jule aufgehört, sich an Ausgehzeiten zu halten, und drängt sich gleichzeitig mit der Abendsonne an den Himmel.

Alle paar Meter dreht Bastian sich nach uns um, als hätte er Angst, dass wir plötzlich verschwinden oder wie Kinder auf der Autorückbank die Geduld verlieren. Wir biegen um eine Kurve. Ein Steinstrand liegt vor uns, Kiesel, hell gewaschen und geschliffen. Schon von weitem winken uns zwei Gestalten. Sie sitzen um einen Ring aus Steinen, in dessen Mitte Treibholz qualmt. In den Händen halten sie Stöcke, an denen halbverkohlte Wiener Würstchen hängen. Neben ihnen steht eine Plastik-Kühlbox.

»Bastian«, ruft der größere in unsere Richtung, als wir auf fünf Meter herangekommen sind, »wir dachten, du kommst nicht mehr.« Er trägt eine an der Seite mit Tesa umwickelte Brille, die kein bisschen modisch wirkt, Karohemd, Khaki-Shorts und Hikingboots, zu eng geschnürt und wahrscheinlich zwei Nummern zu groß.

Der andere trägt Fahrradhandschuhe (schwarz), lange offene Haare (schwarz), Jeans (schwarz), T-Shirt (schwarz) mit Festival Line-up (weiß). Bastian streckt ihm die Hand hin und er schlägt ein.

»Glückwunsch zum Führerschein, Harry«, sagt Bastian, »das würde ich doch nicht verpassen!« Er wendet sich wieder mir und Jule zu. »Und das da ist Theo.«

Zwischen Harry und Theo steht ein Lautsprecher, der zu teuer aussieht für Kies, Sand und Rhein und zu laut für das Naturschutzgebiet. Jule grinst und breitet ihre bunte Picknickdecke aus.

»Augenkrebs«, nölt Harry.

Bastian packt ein Holzkästchen aus. Dann Deo, eine Flasche Kirschschnaps, eine Packung Hundekekse und ein Regencape, das aussieht wie der Umhang von Superman.

Das Feuer raucht wie bescheuert. Wir setzen uns auf die Decke. Der Kirschschnaps kreist. Bastian, Harry und Theo reden über *Pulp Fiction* und den Qualitätsunterschied zwischen Tiefkühlbrötchen und Brötchen vom Bäcker.

»Das ist noch echte Handarbeit!« Harry gestikuliert wild mit der Hand im schwarzen Fahrradhandschuh rum.

»Handarbeit am Arsch!«, ruft Theo und schüttelt den Kopf. Seine Brille verrutscht und er schiebt sie wieder hoch. »Das glaubst du doch selbst nicht. Die kommen genauso als Teigrohlinge im Gefriertruck aus Polen.«

Abwechselnd streamen wir Lieder über den Lautsprecher. Harry wählt eine Band aus, die wie eine Horde Piraten beim Saufgelage klingt. Wir spüren die Sommerwärme der Kiesel durch die Picknickdecke.

Theo sagt: »Klar kann man hier angeln. Der Rhein hat inzwischen Trinkwasserqualität zwei. Das weiß doch jeder.«

Ich überlege, ob ich Jule das Profil von *Höhenflieger* zeigen soll, aber dann ist sie an der Reihe, ein Lied auszusuchen und ich lasse es. Sie wählt *Howling at the moon* von Milow aus. Diskobeat beschallt den Rheinstrand. *Auuuuuu!* Wir heulen wie durchgeknallte Wölfe mit dem Sänger um die Wette und lachen.

Bastian öffnet das Holzkästchen und fragt: »Platte oder Gras?«

Alle sind für Gras.

Mein Vater ist bestimmt der einzige Mensch, der mit fast fünfzig noch kifft. Im Februar hat er mir gezeigt, wie man dreht. Dann haben wir gemeinsam die Küche eingequalmt und Tracy Chapman gehört. Ein Mammut, das aussah wie das Urmel aus dem Eis mit Vokuhila, blickte stupide von unserer Küchenwand. Ich habe es als Kind für meine Mutter gemalt. Als Mama noch bei uns gewohnt hat, hat die Musik unsere Gefühle gespiegelt. Wenn sie beim Kochen getanzt hat, zum Beispiel, und das ganze Essen dann nach Freude schmeckte. Aber jetzt hören wir Musik, um unsere Gefühle zu übertönen.

Ich frage mich, ob normales Malpapier in zehn Jahren so vergilben kann, oder ob die Schachtel Luckys, die meine Mutter in der Zeit vor ihrem Auszug jeden Tag geraucht hat, Schuld ist. Beinahe hätte ich dann mit meinem Vater über meine Mutter geredet, habe dann aber doch lieber mit meinem Vater über meine Mutter geschwiegen. Das Mammut sah bekifft noch blöder aus als sonst.

Bastian kann überhaupt nicht drehen. Das Ding ist schief und brennt ungleichmäßig ab und wandert jetzt zu Harry, zu Theo, zu mir. Der Kirschschnaps kreist wieder. Mit den Zehenspitzen schiebt Jule Kiesel nach links, rechts und wieder zurück. Sie findet Drogen eigentlich blöd. Ich ziehe am Joint, der nach Kräuterbonbon schmeckt und im Hals kratzt. Beim Weitergeben lasse ich Jule genügend Zeit, abzulehnen. Harry und Theo reden über Wasserwerfer. Jule zögert, schaut zu Bastian, inhaliert. Anscheinend sind ihre Vorsätze auch abgebrannt. Sie hustet und gibt mir den Stummel zurück. Ich schnippe den Rest ins Qualmfeuer. Bastian grinst krumm und schief, und damit er nicht nochmal genauso dreht, nehme ich ihm Papers, Tabak und Zigarrenkästchen aus der Hand und drehe selbst. Bastian protestiert, wir lachen.

Es ist jetzt fast dunkel. Die Dämmerung treibt einen Schwarm Moskitos aus dem Wasser. Theo schreit »Fressbrett« und steckt sich ein Würstchen in den Mund und eins hinters Ohr. Wir hören Kinderlieder und lachen über Harry, der *Schnappi, das kleine Krokodil*, nachmacht und Bastian in die Shorts beißt. Die Kirschschnapsflasche ist halb leer. Als die Playlist, die sich inzwischen automatisch fortsetzt, *Puff the magic dragon* spielt, nimmt Bastian plötzlich Deo und Feuerzeug und sprüht Feuer in Harrys Richtung. Die riesige Flamme tastet sich bis zu Harry vor und leckt an ihm.

»Spinnst du?« Harry reibt sich die Hand. »Pack das Deo weg.«

»Mach dich locker«, sagt Bastian und fuchtelt mit der Dose.

Ich nehme sie ihm aus der Hand und werfe sie weg. Trotz oder vielleicht sogar wegen dieser bescheuerten Aktion schaffe ich es nicht, nicht zu Bastian hinzuschauen. Die lächerliche Art, wie er die Wuschelhaare, die sehr weich aussehen, hinter die Ohren streift. Seine breiten Schultern. Die dunklen Haare an seinen Beinen. Seine Hand auf Jules Knie. Erst als Jules Blick meinen trifft, wende ich mich ab.

Der Rhein schickt kleine Wellen in unsere Richtung wie einen Gruß und in der Ferne sehe ich als ganz kleinen Punkt ein Frachtschiff. Jetzt haben alle das Schiff entdeckt. Harry ist sich sicher, dass Drogendealer in Venezuela Koks so schmuggeln, unter Kohlehaufen auf Frachtschiffen.

Und Theo sagt: »Du Idiot, zeig mir mal einen Fluss mit Frachtschiffen in Südamerika.«

Wir lachen, als Jule etwas von einem Filmdreh erzählt und Bastian aufspringt und mit beiden Armen winkt, um als Statist mitzuspielen. Als er sich wieder setzt, lässt er sich neben mir, nicht neben Jule, nieder.

»Wer sagt, dass das Schiff überhaupt etwas geladen hat? Vielleicht ist es leer.« Bastian lächelt verschwörerisch und rückt ein Stück an mich heran. »Oder was glaubst du, Alice?«

Es dauert eine Weile, bis das Schiff auf unserer Höhe ist. Langsam, langsam zieht es vorbei. Und schnell, als sei die Langsamkeit des Schiffs ein Ablenkungsmanöver gewesen, kommt plötzlich die Welle auf uns zu.

»Tsunami!«, ruft Bastian.

Harry hält sich den Lautsprecher über den Kopf, als würde das Wasser uns bis zum Kinn und nicht nur bis an die Knöchel reichen. Bastian schnappt sich die Holzkiste. Die Picknickdecke schwimmt. Theo hält die Kühlbox umklammert, die aber sowieso zu schwer ist, um weggespült zu werden. Jule und ich rennen kreischend in Richtung Uferböschung. Als wir mit nassen Füßen zurückkommen, zischt die Feuerstelle und unsere Sachen sind überall verteilt. Das Deo schwimmt im Rhein.

»Mist.« Jule macht ein trauriges Gesicht. Die Welle hat ihre Tasche mitgenommen.

Bastian zieht seine Hosen aus, wirft seinen Schal von sich und rennt in Boxershorts und Hemd los. Einmal verliert er das Gleichgewicht und fällt hin, aber da ist er schon im knietiefen Wasser. Nach ein paar Schritten hat er die Tasche erreicht. Er schwenkt sie durch die Luft und wirft sie Theo zu, der sie fängt.

»See you on the other side!«, ruft er und rennt weiter in Richtung Flussmitte. Wir halten das für einen Witz und lachen, weil: Der Fluss ist doch mindestens hundert Meter breit, mit Strömung und allem. So was macht keiner. Der Rhein scheint ewig nicht abzufallen. Bastian ist schon richtig weit weg, aber sein Oberkörper ragt immer noch zur Hälfte aus dem Wasser. Aber plötzlich, von einer Sekunde auf die nächste, sehe ich nur noch seinen Kopf. Er ist in der Fahrrinne.

»Komm zurück, Mann«, schreit Harry.

Jule hat die Augen aufgerissen.

Bastian antwortet nicht, die Strömung hat ihn ein paar Meter flussabwärts getragen. Ich kann nicht erkennen, ob er tatsächlich in Richtung des anderen Ufers schwimmt oder ob er sich einfach von uns forttreiben lässt. Da höre ich ein neues

Schiff: das tiefe Dieselstampfen, mit dem es den Rhein umpflügt und die Welle, die es vor sich herschiebt. Sehen kann ich nur den riesenhaften Umriss und die Positionslichter, rechts rot, links grün, die sich in unsere Richtung bewegen. Es sind vielleicht drei Minuten vergangen, seit Bastian in die Fahrrinne geschwommen ist, aber er ist aus unserem Blickfeld hinein ins Dunkel verschwunden.

»Das Schiff, ey«, sagt Harry. »Scheiße.«

»Bastian schwimmt voll gut«, sagt Theo.

»Bastian ist auch voll dicht«, sage ich, »und bekifft.«

Jule ist in eine Art Panikstarre verfallen. Das Schiff ist jetzt auf unserer Höhe. Es zieht und zieht und zieht an uns vorbei. Die Welle kommt, aber anders als vorhin, rühren wir uns nicht, während das Wasser unsere Füße umspült. Nicht mal Harry rennt zu seinem Lautsprecher.

»Das macht voll den Sog, ey.«

»Ja und? Mann, da passiert nichts.«

Jule kaut auf ihrer Lippe herum. Wir starren auf den Punkt, wo Bastian verschwunden ist. Oben leuchtet der Mond halbherzig rum, aber wir sehen nichts Neues.

»Ich finde, wir rufen die Feuerwehr«, sagt Jule jetzt.

»Schwachsinn«, sagt Theo. »Die kreuzen mit fünfzig Rettungswagen und Polizei auf und mit Notarzt. Das gibt Riesenstress.«

Ich höre nicht mehr zu. Das Schiff walzt alles platt oder vielmehr wellig. Da, wo Bastian gerade noch geschwommen ist, und da, wo er vielleicht jetzt schwimmt. Ich sehe Bastian vor mir: schreiend im Windmühlengriff einer Schiffsschraube. Ein Riesengemetzel. Das Wasser in Rot und uns in Schwarz auf seiner Beerdigung und fassungslos. Aber das ist nur in meinem Kopf.

»Mir scheißegal«, sage ich, »wir rufen jetzt an.«

Ein Schild, das nur ein paar Meter von uns entfernt steht, zeigt die Rheinkilometer an, wir sind zwischen Strandbar und Hafen. Ich muss das Handy nicht mal entsperren, Notruf geht so. Es klingelt zwei Mal, dann meldet sich die Leitstelle. Im gleichen Moment knistern Sträucher an der Uferböschung, Kieselsteine klackern aneinander.

»Hey!«, ruft Bastian und winkt. Er steigt hinunter und joggt uns entgegen. Seine Füße sind verkratzt, ansonsten ist er heil.

Ich lege auf.

Bastian öffnet die Arme wie ein heimkehrender Held oder ein Fußballprofi nach dem Tor. Jule dreht sich weg.

Harry verstaut den nassen Lautsprecher und sagt: »Du Arsch.« Sonst nichts. Dann steigt er auf sein Rad und fährt davon.

Theo zuckt mit den Schultern, gibt Jule ihre nasse Tasche und macht die Kühlbox mit Spannern am Gepäckträger fest.

Bastian murmelt: »Dann halt nicht«. Er zieht sein nasses Hemd aus, setzt sich zum Treibholz und starrt ins Zischfeuer.

Keiner redet. Jule und Theo sammeln seine Sachen ein. Sie finden fast alles, nur die Hundekekse bleiben verschwunden. Den Schnaps kippen sie in den Rhein. Jule gibt Bastian das Regencape und er hängt es sich um die Schultern. Dann stellt Jule sich neben ihn.

Bastian spielt mit dem Feuerzeug und lässt kleine Funken springen. Er entdeckt die Deodose, die von der zweiten Welle zurückgetragen wurde, und nimmt sie in die andere Hand.

Ich gebe Bastians Fahrrad einen Tritt, so dass es umfällt:

»Was ist eigentlich dein Problem? Wir hätten beinahe die Feuerwehr geholt.«

Bastian sieht mich mit hochgezogener Augenbraue an.

Theo findet mich peinlich und kuckt weg.

»Kommst du jetzt, Jule?« Mehr schaffe ich nicht, ohne zu heulen. Ich sehe lange in ihr Apfelbäckchengesicht, das ich so gut kenne und in ihre grünen Augen. Sie macht keine Anstalten, aufzustehen. Ihre kleinen Füße mit den rot lackierten Zehen stehen neben Bastians großen. Der Nagel an Bastians kleinem Zeh ist blau, fast schwarz. Als wäre etwas Schweres draufgefallen. *Höhenflieger!*

Ich drehe mich nicht um, als ich von Jule, Bastian und Theo wegfahre. Was hinter mir ist, muss ich nicht mehr sehen: wie Bastian mit den Schultern zuckt und sich durch die lockigen Haare fährt. Wie Bastian Jule umarmt, aber eigentlich an die durchsichtige Blümchenunterwäsche von neulich am See denkt. Wie Jule die Schwimmaktion vielleicht sogar cool findet. Wie keiner Fragen stellt.

Ich fahre am Altrhein vorbei, einem abgetrennten Rheinarm, wo das Wasser stillsteht. Sofort bin ich an tausend Stellen zerstochen. Handgelenk, Hals und Arme jucken und sogar zwischen den Zehen juckt es. Ich will weg vom Wasser, aber der einzige Weg führt am Ufer entlang. Ich halte an und kratze und kratze. Ich schlage nach Mücken und erwische nur mich selbst.

Ein Dynamolicht kommt flackernd, mal diesen, mal jenen Teil des Wegs beleuchtend, auf mich zu. Theo hat mich eingeholt.

»Hey«, sagt er, sonst nichts und wir fahren gemeinsam weiter. Wir müssen uns konzentrieren. Der Uferweg ist schmal und Wurzeln ziehen sich wie Adern von der einen auf die andere Seite. Erst als wir in der Stadt sind, bremst Theo plötzlich und auch ich halte an.

»Ich biege hier ab«, sagt er.

»Okay«, sage ich und ich denke, das war's, aber dann sagt er: »Nimm's ihm nicht übel.«

Ich: »Wie jetzt?«

Er: »Wenn ich in Bastians Situation wäre – wer weiß?«

»Wer weiß«, sage ich, obwohl ich keine Ahnung habe, von welcher Situation Theo redet.

13

DAS ZIMMER

Das Zimmer ist eigentlich wunderschön. Das Problem ist nur: Je schöner ein Zimmer in unserem Haus ist, desto mehr Zeit hat sie darin verbracht, meine Mutter. Nachts habe ich sie oft gehört: in den Räumen über, unter, neben mir. Herumschleichen, manchmal auch kratzen, hämmern und bohren. Und nach dem Aufwachen hing plötzlich eine Ansammlung von Treibholz als überdimensionales Mobile an Drahtseilen im Treppenhaus, ein Sessel war neu bezogen oder die Sechziger-Jahre-Fliesen im Bad hatten einen weißen Anstrich bekommen. Einmal fand ich sogar ein kleines Mosaik, eingelegt in den noch feuchten Putz am Kellerabgang: ein Farn, gewachsen aus Keramikscherben in grün und orange, nicht größer als meine Hand. Nachtaktive Tiere müssen tagsüber schlafen. Und so war das auch bei meiner Mutter. Aber nachts konnte sie stundenlang Einrichtungskataloge wälzen und über die Langflorigkeit eines Teppichs verzweifeln.

Ich habe Zahnpasta auf die Mückenstiche geschmiert. Über Nacht ist das Zeug angetrocknet und verkrustet. Jetzt liege ich weiß gefleckt wie ein Rehkitz in ihrem Zimmer. Auf dem Korbbett, das mein Vater alle acht Wochen mit neuer Bettwäsche bezieht, obwohl hier niemand schläft. Die große Sanduhr im Regal ist irgendwie verstopft. Der ganze Sand ist im oberen Glas hängengeblieben. Ich habe versucht, die Geschichte meiner Mutter von den Wänden abzulesen. Wann hat das mit ihr angefangen? Wann habe ich etwas bemerkt? Sicher noch nicht, als sie mit dicken Farbrollen die Grundierung aufgetragen und die Türen mit weißem Lack bepinselt hat. Auch nicht, als sie die Hocker aus Naturholz bestellt hat, die jetzt wie abgesägte Baumstümpfe im Raum stehen. Und auch noch nicht, als sie die blauen Vorhänge genäht und aufgehängt und den Schaukelstuhl in die Ecke gestellt hat. Das Zimmer sollte eigentlich ein Gästezimmer, aber auch so eine Art Rückzugszimmer für sie sein. Deshalb fanden wir es normal, dass sie es verschönern wollte und viel Zeit damit verbracht hat.

Vielleicht hat es angefangen, als sie begann, das Bild an die Wand zu malen. Eine Landschaft, in der Unterwasserwelt und Wald ineinander übergehen. Links unten über der Teppichleiste ist der sandige Meeresgrund. Darüber schwimmen Fische, die, je weiter der Blick nach rechts schweift, Flügel bekommen und Schnabelmünder. Die Wellen brechen immer wilder und ballen sich schließlich zu Baumkronen zusammen. Das Seegras verdichtet sich zu Schilf und schließlich zu Baumstämmen und blau wird türkis wird grün. Rechts endet das Bild als Wald, in dessen Dickicht Seesterne nach Luft schnappen. Ein Oktopus hält einen Ast umklammert. Das Bild auf dem Bett liegend zu betrachten, ist beruhigend und wäre trotzdem kaum auszuhalten, befände sich nicht in der Zimmerecke, direkt über der Steckdose eine kleine Schildkröte, die mir zublinzelt.

Drrr, drrrrr. Die Türklingel unten schrillt rum, als hätte sie Tollwut. Bin ich eingeschlafen? Ich habe keine Lust, aufzustehen, und drehe mich zur unbemalten Wand um. *Drrrr, drrrr.*

Drrrrrrrrrrrrr. Ich höre meinen Vater die Treppe runterschlappen und die Tür öffnen.

»Klar«, sagt er, »komm rein.«

Jetzt wieder Füße auf der Treppe. Ich linse über die Schulter: Da steht Bastian. In Flip-Flops und mit Sonnenbrille im Haar. Seine Füße verharren vor der Schwelle. Ich suche den Durchgang hinter ihm nach Jule ab, entdecke aber nur meinen Vater.

»Du hast weiße Flecken.«

»Geh heim, Bastian!«, sage ich so ruppig wie möglich. Ich vergrabe mein Gesicht zwischen Kissen.

»Wieso?« Bastian sieht mich an, als wäre es normal, dass er plötzlich im Türrahmen steht.

»Ich dachte, ihr seid befreundet?« Mein Vater klingt beleidigt. Keiner von uns reagiert und da verkrümelt er sich.

»Ich wollte mich wegen gestern entschuldigen.« Bastians Worte sind einstudiert. Wie etwas, dass er sagen muss, damit wir wieder Normalität spielen können. »Das war blöd von mir. Tut mir leid.«

An der Wand hängt ein kleiner runder Spiegel wie ein Bullauge. Bastians schönes Gesicht lächelt mich von dort aus an und er klemmt sich die wirren Haare hinter die Ohren.

Ich drehe mich um zum Türrahmen und sage leise: »Ach, hau doch ab«. Aber ich höre selbst, dass es wie die unfreundlichste Einladung der Welt klingt.

»Okay«, sagt Bastian. Aber gleichzeitig krempelt er sich die Hemdärmel hoch und hebt einen Fuß. Bevor ich *was wenn* denken kann, macht er einen Schritt über die Grenze, hinein ins Zimmer meiner Mutter. Da fransen die Krebse im Wandbild plötzlich an den Rändern aus und verschwimmen, so dass sie aussehen wie kleine rote Sonnen. Zuerst blinzele ich das

Wasser in meinen Augen weg, aber dann geht das nicht mehr und ich weine. Wegen Rhein und Feuerwehr und ein bisschen auch wegen dieses Zimmers und meiner Mutter. Ich werfe drei Kissen auf den Boden. Soll er drüber fallen, soll er sich was brechen.

»Das war scheiße«, schluchze ich.

Bastian nickt. Der Wind bewegt die blauen Vorhänge wie Wellen, die Bastian in meine Richtung treiben und nur deshalb erlaube ich ihm, näher an meine Korbbettinsel heranzukommen. Bastian wickelt seinen Schal umständlich um den Bettpfosten. Er setzt sich auf die Bettkante. Ich fühle mich wie eine dieser abgefahrenen Seeschlangen mit superschnell wirkendem Gift.

»Hast du mal drüber nachgedacht, dass es noch andere Menschen gibt als dich? Dass wir damit leben müssen, wenn du Mist baust? Wenn du dein Leben riskierst?«

»Vielleicht hab ich ja Gründe.«

»Ich hab dein Profilbild gesehen: *Höhenflieger*. Das bist doch du. Weshalb machst du so was?«

Bastian schweigt. Dann nimmt er eine Schale mit Muscheln aus dem Regal. Er bläst den Staub runter, sucht sich eine aus und schließt die Hand darum.

»Hast du die gesammelt?«

Ich bin noch nicht fertig: »Hallo? Nichts kann man dich fragen. Nie bekommt man eine Antwort.«

Bastian schaut weg. »Ist kompliziert«, sagt er dann, »und schön ist es auch nicht.«

»Welche Geschichte ist schon schön?«

Ich nehme Bastian die Muschel weg. Warum muss er aus allem so ein Ding machen. Warum kann er nicht einfach sagen, so und so ist es und fertig? Andererseits habe ich ihm ja auch nichts von meiner Mutter erzählt und dem Zimmer und allem.

»Ich komm gar nicht von der Ostsee. Ich hab nur die Schule gewechselt«, sagt er plötzlich.

»Okay.«

Das ist immerhin ein Anfang. Ich stelle die Schale zurück und lege mich wieder hin. Bastian legt sich daneben. Wir berühren uns nicht. Nur sein Deo hängt in meiner Luft und kriegt mich irgendwie.

»Und woher kennst du Lena?«

»Wir waren mal zusammen.«

Ich ziehe eine Grimasse, die er nicht sieht, weil wir beide an die Decke schauen. Wie geht das? Wie kann man Lena küssen und dann Jule? Wie kann man die Impressionisten mögen und dann so unglaublich beschränkt sein? Wie kann man auf Hochhäuser klettern und vor Schiffe schwimmen und dann anderen Menschen so nahekommen wollen?

»Krass«, sage ich, »und weiter?«

Nichts weiter. Bastian schüttelt den Kopf.

Wir bleiben nebeneinander liegen und betrachten die Wand.

»Hast du das gemalt?«

»Nee, meine Mutter.«

»Echt schön.«

»Hm.«

Unsere Schläfen berühren sich fast.

»Meine Mutter war in so einer Einrichtung«, sage ich und weiß nicht, warum ich ihm das erzähle, gerade ihm! »Sie war depressiv.« Dass sie jetzt wieder raus ist, sage ich nicht. Dass sie irgendwann heimkommt, vielleicht, sage ich nicht. Dass sie gerade nicht will, sage ich auch nicht. Dass nie der richtige Zeitpunkt ist. Ich spüre Bastians Nähe. In dem Zentimeter zwischen uns geht seine Körperwärme in meine über. Unsere Korbbettinsel hebt und senkt sich ganz leicht im Rhythmus unseres Atems.

»Und kannst du dir das vorstellen«, flüstere ich, »keiner hat gemerkt, was mit ihr los war.«

Bastian dreht sich um und schaut mich an, sein Gesicht ist ganz nah an meinem: »So was passiert.«

Er klingt nicht mitleidig. Nicht mal überrascht. Er hört einfach zu und versteht mich. Unsere Gesichter wenden sich wieder voneinander ab und wir betrachten noch eine Weile das Bild.

»Sehen wir uns heute Abend?«, fragt Bastian.

Ich nicke.

Als Bastian schließlich geht, vergisst er seinen Schal.

14

MILKA-HERZEN

Abends treffen wir uns bei Jule. Bastian und ich erzählen ihr nichts. Nicht, dass es etwas zu erzählen gibt. Aber das, was es nicht zu erzählen gibt, erzählen wir auch nicht. Zufällig berührt Bastians Fuß mein Bein, während wir in Jules Zimmer auf der Bettdecke sitzen. Das Abendlicht bricht sich in einem Kristall, der an einem Faden in Jules Fenster hängt, und wirft bunte Flecken an die Wand. Jule greift zwischen uns und packt die Milka-Herzen und eine Packung Kekse als Nachtisch ein. Was wir sonst essen wollen, haben wir noch nicht entschieden. Bastian bietet an, bei sich zuhause zu kochen.

»Du und kochen?«, fragt Jule.

Sie hat vorhin schon gesagt, dass sie Lust auf Burger hat. Vielleicht will sie aber auch verhindern, dass ich Bastians Zuhause sehe. Was will sie nicht mit mir teilen? Wie Bastian wohnt? Ob in seinem Zimmer Matchboxautos im Regal verstauben oder Sprühdosen auf dem Fensterbrett stehen? Ob ein Haken mit Kletterzeug an seiner Wand hängt?

Jule wiederholt, dass sie Burger will und fragt, was ich denke. Ich zucke mit den Schultern und verziehe mich in die Küche. Sollen Jule und Bastian das unter sich ausmachen. Ein bisschen freue ich mich sogar darüber, dass sie sich nicht einig sind. Ich nehme einen grünen Apfel aus einer silbernen Designerschale, beiße rein und schmecke Wachs und Crunch.

Jules Mondkalender liegt auf der Anrichte. Die Seiten sind wellig vom Rheinwasser und manche kleben zusammen. Unglaublich, dass noch nicht mal zwei Wochen vergangen sind, seit wir Bastian in der Strandbar getroffen haben. Ich blättere weiter. In zwei Tagen ist Vollmond: *Nehmen Sie sich ein Beispiel am Mond und offenbaren Sie sich,* steht da. So ein Quatsch!

Als ich zurückkomme, steht der Plan: Burger sind angesagt, ob ich damit leben kann.

Klar. Kann ich.

Theo arbeitet bei einem Take-away im Industriegebiet. Da wollen wir hin. Bastian ruft Harry an. Der holt uns in einer schwarzen Nobelkarre ab. Bestimmt ist sein Vater Vorstand von irgendwas. Harry trägt zwar noch die gleichen schwarzen Klamotten mit Festival-Line-up wie am Freitag, aber als Jule die Kekse auspackt, sagt er: »Krümel bloß nicht die Polster voll.«

Wenn wir auf den Fahrrädern unterwegs wären, könnten wir die Leuchtreklame der Shops buzzen hören. Wir könnten sehen, wie die Hitze den Abendhimmel über der Straße zum Flimmern bringt. Wir könnten Schlaglöchern im Asphalt ausweichen. Aber das Einzige, das wir spüren, ist die Klimaanlage, die den Sommer verjagt.

Wir lassen die letzten Einfamilienhäuser hinter uns. Rasen vorbei an Sozialwohnungen, Industrieschornsteinen, einem Swinger-Club, einem Babymarkt, einer Spielhölle. Kurz bleibt mein Blick an einem Hochhaus hängen und ich denke an *Höhenfliegers* Profil. Es fühlt sich gut an, etwas über Bastian zu wissen, das Jule nicht weiß. Dann sind wir auf dem Beschleunigungsstreifen. Aber wir fahren nicht auf die Autobahn auf, sondern biegen auf einen riesigen Parkplatz ab.

Die Hitze erschlägt uns fast, als wir das Auto verlassen. Wir laufen hintereinander zwischen LKWs mit unbekannten Nummernschildern durch bis zum Eingang. Bastian hält Jule die Glastür auf. Im blankgeputzten Boden sehe ich unsere Spiegelung. Ich versuche, ein Körperteil zu finden, das eindeutig zu mir gehört, sehe aber nur Schatten, Fugen und Sprünge. Jule, die immer nur nach vorn schaut, winkt Theo, der in Fastfooduniform hinter einem Tresen steht. Er lächelt ein Servicelächeln, das an diesen Ort, aber nicht zu uns gehört. Alles ist verdreht. Sogar sein Namensschildchen: oɘdT. Jule bestellt zwei Mal Menü 5 mit großer Cola und Eis. Harry bestellt zwei Kilo Chicken Nuggets. Bastian bestellt nichts. Wir balancieren unsere Tüten, Pappschachteln und Pappbecher nach draußen. Ein Kind hat sich im Fenster einer Plastikburg verklemmt und schreit. Bastian schlägt vor, an den Rastplatztischen zu chillen. Im Laufen wirft Harry Chicken Nuggets aus seinem Riesenvorrat hinter sich und macht Witze über Theos Outfit.

»Besser, als von seinen Eltern alles nachgeworfen zu bekommen«, sage ich.

»Kommt auf die Eltern an«, sagt Jule.

Bastian lässt sich auf die Rastplatzbank fallen, als wäre er zweihundert Jahre alt. Jule schiebt sich neben ihn. Ich sitze mit Harry gegenüber. Ich stelle mir vor, wie es wäre, stattdessen auf Bastians Couch zu sitzen. Die Couch wäre dunkelgrün und weich, so dass wir ein bisschen einsinken und Bastians Schultern meine berühren würden.

Harry baut einen Turm aus Chicken Nuggets, der aussieht wie einer dieser kleinen Steinhaufen auf jüdischen Gräbern. Ich habe keine Geduld zu kauen und schlinge das Zeug runter wie ein Tier. Tisch und Bank sind vollgeschmiert mit Tags, ab und zu ein Penis und ein A im Kreis für Anarchie. Zwischen Bastian und Jule steht *B + A =*. Jules Oberkörper verdeckt den Rest. Haben *B* und *A* inzwischen ein Haus gekauft und gießen die Blumen in ihrem Vorgarten? Oder hatten sie einen Autounfall? Ich weiß nicht, ob Bastian mich mit seinen dunklen Augen öfter anschaut als sonst. Er stellt zwei Flaschen Rotwein zwischen uns und Jule holt die Milka-Herzen raus. Wir greifen alle gleichzeitig rein und unsere Hände berühren sich. Harry grinst. Mir ist schlecht. Trotzdem stopfe ich Schokolade in mich rein und ein paar Chicken Nuggets hinterher. Meine Finger hinterlassen braune Flecken auf der Rotweinflasche, weil die Herzen angeschmolzen sind. Jule säubert die Flasche mit einem Taschentuch. Harry winkt ab, weil er nicht gleich seinen neuen Führerschein riskieren will. Wir beobachten die Trucker, die ins Gebüsch pinkeln und dann mit Kissen in ihre Kojen verschwinden. Das hier ist kein Rast-Platz, sondern ein Platz zum Versacken. In der Ferne, wo der Beschleunigungsstreifen wieder in die Autobahn mündet, sehe ich hinter der Bande ein kleines Holzkreuz und ein ewiges Licht darunter. Wir hören den Geräuschen der Straße zu und die Weinflasche bewegt sich im Zickzack zwischen Jule, mir und Bastian hin und her.

»Krass, wenn alles in dieser Geschwindigkeit an einem vorbeibrettert, oder?« Bastian Blick ruht auf dem Holzkreuz.

»Autos halt«, sagt Jule.

»Hm.«

Bastian befreit sich aus Jules Arm und richtet sich ein Stück auf.

»Alice. Jule. Ich muss euch was sagen.«

Harry schaut verlegen zur Seite.

»Am Montag muss ich ins Krankenhaus. Zum MRT.«

»Das mit der Röhre?«, fragt Jule.

Nee, das mit dem Toaster, denke ich.

Bastian nickt.

»Wieso?«, Jules Blick ist besorgt. »Ist was?«

Plötzlich bin ich in einem Film, in dem die Farben verblasst, der Schnitt verpfuscht und die Dialoge Mist sind.

Bastian antwortet: »Ich bin krank.«

Jule verschluckt sich an ihrer Schokolade und hustet. Meine Füße kribbeln wieder wie bei unserem Besuch im Aquarium. Ist das die Situation, auf die Theo angespielt hat? Bastian rutscht auf der Bank herum, nimmt eine Hundeleine aus der Tasche und wickelt sie um seine Hand. Jule macht sich klein auf ihrem Platz.

»Wie meinst du das – krank?«, frage ich.

»Vor einem Jahr hat es angefangen. Mit Rückenschmerzen und Schmerzen im Arm. Der erste Arzt hat behauptet, es wäre ein Hexenschuss, der zweite hat mich in die Uniklinik geschickt, der dritte wollte zuerst mit meinen Eltern sprechen. Dann hat er gesagt: *Ependymom*.«

Jule runzelt die Stirn und zieht unter dem Tisch ihr Handy aus der Tasche, um Bastians Diagnose zu googeln.

»Das ist ein Tumor am Rückenmark. Wurde gleich weggemacht. Dann Bestrahlung und alles.«

Wir trinken weiter. Aber Harry wirkt im Gegensatz zu Jule und mir kein bisschen überrascht.

»War beschissen im Krankenhaus. Und als ich zurück war, musste ich die Schule wechseln.«

»Obwohl du krank warst?«, fragt Jule.

»Naja, ich habe auch eine Yuccapalme angezündet.«

»Brennen die überhaupt?« (Mann, Jule!)

»Und ich hab der Sekretärin, die mich angeschrien hat, eine gescheuert und bin aufs Dach geklettert.«

»Okay«, sagt Jule leise. Sie sieht verstört aus.

»Wieso erzählst du das erst jetzt?«, frage ich.

Bastian fegt mit der Hand die Chicken Nuggets vom Tisch und Jule weicht zur Seite aus. *Love 4-ever* steht da, wo sie gerade noch saß. Jemand hat einen Hund mit drei Köpfen, der Flammen in Bastians Richtung speit, in die linke Tischecke gezeichnet. Vom General weiß ich, dass das Kerberos ist, der in der Antike den Eingang zur Unterwelt bewacht.

»Wie hätte ich euch denn bitte davon erzählen sollen? Hallo, ich bin Bastian und habe Krebs?«

Wir schweigen.

»Aber hast du doch gar nicht mehr?« Jules Frage klingt zaghaft. »Du bist doch jetzt wieder gesund?«

Bastian fährt das in den Tisch geritzte *Fuck you* nach.

»Weiß nicht«, sagt er, »hab halt Angst wegen Montag.«

»Wenn du willst, dass jemand mitkommt ...«

Harry versucht, eine Hand auf Bastians Schulter zu legen, was von vorne aber bescheuert aussieht.

Obwohl ich echt genug habe, öffne ich die zweite Flasche Rotwein und trinke. Mein Hals und meine Augen brennen. Ich will unbedingt etwas Passendes, etwas Kluges oder Ermutigendes sagen. Aber meine Zunge ist so schwer. Ich schäme mich plötzlich, dass ich Bastian, als er bei mir zuhause war, vollgeheult und ihm Vorwürfe gemacht habe. Weil meine Probleme nichts sind im Vergleich zu so was. Nichts ist etwas im Vergleich zu so was.

Jule ist wahnsinnig blass und gibt Bastian von der Seite einen Kuss auf die Wange. Der erste, bei dem ich zuschauen muss. Er regt sich nicht. Wie ein Stein sitzt er da. Mein Körper ist gefüllt mit Gallertmasse.

»Mir ist nicht so«, murmele ich und merke, wie schwer mir das Aufstehen fällt. Nach dem Aufstehen wird es nicht besser. Ich stolpere zurück in Richtung Gebäude. Dann rein, vorbei an den fleckigen Tischen und den beleuchteten Menütafeln die Treppe hinunter zur Toilette. Wenn wir bei Bastian zuhause wären, wäre alles gut, denke ich, obwohl das keinen Sinn ergibt. Ich verriegele die Tür und klappe die Klobrille hoch. Alles dreht sich, ich huste und spucke. Braune Pommesreste, Keksmatsch, Schleim – alles dunkelrot vom Wein. Apfelstücke, Schokolade, Galle. Ich atme, verschlucke mich, Scheiß-Milka-Herzen, denke ich, Scheißkrebs, und weine. Die Tränen tropfen in die dreckige Kloschüssel. Ich denke an Bastians dunkle Augen, sein lockiges Haar, die Narbe an seinem Rücken. An der Toilettentür hängt der Putzplan. Maier war hier um 7, Kostowitsch um 8 und danach unlesbar, unlesbar, unlesbar. Ich heule, weil es niemanden interessiert, wer seine Unterschrift da hingekritzelt hat, weil sich niemand an die freundlichen Mitarbeiter wendet, wenn die Klos verdreckt sind, weil das egal ist. Weil alles egal ist. Die Toilette stinkt. Ich setze mich auf die Schüssel, pinkle, spüle ab. Meine Wimpern sind zu Fliegenbeinchen zusammengeklebt. Am Waschbecken sammele ich kaltes Wasser in der Kuhle meiner Hände und versenke mein Gesicht darin.

Wir tragen Bastian völlig besoffen von der Rastplatzbank ins Auto. Das heißt, eigentlich tragen Jule und Harry Bastian. Ich stolpere hinterher. Im Auto kotzt Bastian auf Harrys Fußmatte. Aber der schaut nur gequält aufs Lenkrad. Wir laden Bastian vor seinem Haus aus und Harry bringt ihn zur Tür. Ein

Bewegungslicht springt an. Irgendwie schafft Bastian es, den Schlüssel ins Schloss zu bekommen. Dann ist er weg und alles wird dunkel. Ich sitze auf dem Rücksitz. Meine Stirn lehnt an der kühlen Scheibe. Mir ist schlecht, aber ich schließe die Augen und reiße mich zusammen. Wir fahren an eine automatische Saugstation. Ich höre eine Münze durch den Schlitz fallen.

»Scheißding«, flucht Harry, als wäre der Sauger schuld an allem. Ich öffne die Augen. Harry kratzt mit der Münze auf einem Feld neben dem Einwurfschlitz herum, wo kaum mehr Lack ist. Versucht es nochmal. Der Schlauch wird lebendig und röhrt los. Jule hilft Harry, die Kotze aus dem Fußraum zu saugen. Als ob das noch viel bringen würde.

»Mein Vater, ey«, sagt Harry, aber Jule funkelt ihn ärgerlich an. Sofort ändert sich sein Gesichtsausdruck. Richtig schuldbewusst sieht er aus. Nachdem Harry auch Jule und mich zuhause abgesetzt hat, stehen wir zwei uns noch ein paar Sekunden auf der Straße gegenüber. Ich würde Jule gerne umarmen.

»Warten wir ab, was am Montag rauskommt«, sage ich. Jule behält die Hände in den Hosentaschen. Als sie meinen Blick erwidert, liegt darin so viel Zuversicht, als würde sie das Ergebnis der Untersuchung schon kennen.

»Ja«, sagt sie, »warten wir's ab.«

15

ANTWORTEN

Aber dann steht Jule am Sonntagmorgen plötzlich bei mir auf der Matte. Als hätte Bastians Geständnis das, was zwischen uns vorgefallen ist, ausgelöscht. Sie sieht genauso fertig aus wie ich, obwohl sie nicht so viel getrunken hat. Ungeschminkt, mit dunklen Ringen unter den Augen, die blonden, ungewaschenen Haare zu einem Knoten zusammengeschlungen.

In meinem Zimmer reißt sie das Fenster auf, legt ihre Tasche auf mein Bett und packt aus: ein medizinisches Lexikon aus der Bibliothek ihrer Eltern, ihr Tablet, die Tarotkarten (Mann, Jule!) und zuletzt Orangensaft und eine Dose Thunfisch. Katerfrühstück. Ich weigere mich, das Zeug zu essen, und klappe stattdessen meinen Laptop auf. Wir beginnen zu recherchieren.

»Ependymome«, lese ich laut, »sind Tumore des zentralen Nervensystems. Sie entstehen infolge einer Entartung von Zellen des Gehirns oder des Rückenmarks.« *Entartung*, was für ein Scheißwort. Klingt nach Nazis. Und so sind auch die Zellen: als wären das Schlägerzellen, die Jagd auf die anderen machen. Diese Zellen werden dann jedenfalls immer mehr und drücken aufs Rückenmark.

»Hier steht, dass das voll selten ist«, sagt Jule, »Nur 3 von 100 000. Wie viel Pech muss man haben?«

»Ich weiß nicht«, sage ich, »Glück hatte er doch auch. Die Ärzte bemerken so einen Tumor anscheinend oft gar nicht. Rückenschmerzen hat ja fast jeder. Dann kriegst du Krankengymnastik und fertig.«

»Hm.« Jule schüttelt den Kopf.

Vielleicht meint sie das mit dem Pech auch anders. Weil es ausgerechnet ihren Freund trifft oder so. Wir finden heraus, dass es verschiedene Arten von Ependymomen gibt. Klasse I: der Kleinkriminelle unter den Tumoren. Der stiehlt Zeit und Nerven, ist ansonsten aber ziemlich harmlos. Klasse II ist unverschämter. Da geht es in Richtung schwere Körperverletzung und Klasse III ist dann ein richtiger Fiesling: So eine Art Auftragsmörder, der aggressiv ist ohne Ende und sein Opfer schnellstmöglich unter die Erde bringen will.

»Findest du was darüber, wie viele wieder ganz gesund werden, Jule?«

»Fünfzig bis siebzig Prozent steht hier, wenn die Krankheit nach der OP nicht wiederkommt.«

»Das ist doch nicht schlecht.«

Jules Gesicht zerknittert.

»Spinnst du, Alice?«

Sie nimmt die Tarotkarten, die sie letzte Woche für Bastian gelegt hat, in die Hand, mischt sie, spielt mit dem Stapel. Dann legt sie den Tod vor sich hin. Ein Skelett in Ritterrüstung reitet auf einem weißen Pferd in den Sonnenuntergang. Unter seinen Hufen liegt ein toter König, um den zwei Mädchen trauern und ein Typ mit Bischofsmütze betet.

»Der Tod muss keine schlechte Karte sein«, sagt Jule mit Orakelstimme. »Wenn etwas aufhört, beginnt auch immer etwas Neues.«

»Jetzt spinnst *du* aber«, sage ich.

Jule grinst und packt die Karten weg. Obwohl wir genug recherchiert haben, bleibt sie. Erst als der Mond rund und unversehrt aufgeht, geht Jule rüber.

16

WARTEZEIT

Wieder Montag. Wieder General. Wieder Kunst. Nur diesmal ohne Bastian. Klar hab' ich schon mal gewartet. Eigentlich warte ich jeden Tag. Aber worauf schon? Beim Bäcker auf die Brezel. In der Schule aufs Pausenklingeln. Auf einen Anruf meiner Mutter. Im Großen und Ganzen warte ich darauf, *dass* das Leben weitergeht. Nicht darauf, *ob* das Leben weitergeht.

Auf eine Nachricht von Bastian aus dem Krankenhaus zu warten und gleichzeitig in der Schule in Latein zu sitzen, ist ungefähr das Anstrengendste, was es gibt. Obwohl es noch früh am Morgen ist, heizt das Sonnenlicht den Raum auf. Die Fenster sind gekippt. Alle haben wenig an. Erst denke ich, Lena sitzt im Bikini da. Aber dann trägt sie doch nur ein knappes Top und Hotpants. Der General nickt, als er sieht, dass Bastian schon wieder fehlt. Das ist echt nicht seine Art. Weiß er Bescheid? Bestimmt ist Bastian wegen der Untersuchung entschuldigt. Jule, die neben mir sitzt, rutscht nervös auf ihrem Stuhl herum.

Wir wiederholen einen Text aus der letzten Stunde und müssen reihum übersetzen. Ich komme zuerst dran: »Was gibt es sonst, von dem du bedauern würdest, dass einer es dir wegnimmt? Freunde?«

Ich schaue verstohlen zu Jule rüber.

»Weißt du überhaupt, wie man ein Freund ist?«

Was macht eine gute Freundin aus? Dass sie da ist, wenn es darauf ankommt.

Nala ist an der Reihe und muss bei jeder Vokabel nachfragen: »Solem?«

»Sonne, Tageslicht«, sagt der General.

»Die Sonne«, wiederholt Nala. Denkpause, »würdest du aufessen ...«

»Auslöschen!«, unterbricht sie der General.

»... die würdest du auslöschen, wenn du ... wenn du könntest?«

Der General schaut ihr direkt ins Gesicht und beendet den Satz für sie: »Was hast du jemals Vernünftiges mit deinem Tageslicht gemacht?«

Nala wird rot.

Alle lachen.

Jule meldet sich und übersetzt, ohne zu stocken, den Rest: »Mit dem Leben ist es wie mit einem Theaterstück: Es ist nicht so wichtig, wie lange es dauert, sondern nur, wie gut gespielt wird.«

Der General erzählt uns etwas über den Autor, Seneca: Als Nero, sein Kaiser, ihm befiehlt, sich umzubringen, reagiert er angeblich ziemlich gelassen.

Ich weiß nicht, ob ich das glauben kann. Die meisten im Raum sind halb weggedöst. Im Baum vor unserem Klassensaal singt ein Vogel ein Lied. Auch wenn das Lied keinen Text hat, verstehe ich, worum es geht. Darum, wie schön Mohnblumen sind, die so schnell verblühen, als wären sie Seifenblasen. Und darum, dass er sich nicht vorstellen kann, in einem stickigen Krankenhauszimmer zu liegen.

»Und dann …« – der General haut direkt vor mir mit der flachen Hand auf den Tisch und nicht nur ich, sondern die ganze erste Reihe zuckt zusammen – »… dann muss sich Seneca in seiner Badewanne die Adern an Armen und Beinen aufschneiden, während die Soldaten vor der Tür stehen und warten. Überall Blut, Leute. Überall Blut. Und das war's.«

Jule schaut auf ihr Handy und auch ich schaue auf meins. Nur für den Fall, dass Bastian mir schreibt.

Nach Latein: keine Nachricht.

Nach Mathe: keine Nachricht.

Nach Sport: keine Nachricht.

Nach Kunst haben wir genug. Bastians Untersuchung ist garantiert schon vorbei. Warum schreibt er nicht, wie es gelaufen ist?

Jule schlägt vor, ihn einfach jetzt gleich zu Hause zu besuchen.

»Glaubst du, dass das eine gute Idee ist, Jule? Vielleicht muss er erst mal klarkommen?«

Jule rollt mit den Augen: »Dann ist es doch trotzdem besser, wenn wir dabei sind, oder?«

Obwohl es bis in Bastians Vorort echt weit ist, beschließen wir, gleich nach der Schule mit den Rädern hinzufahren. Jule hat ungefähr aufgepasst, welche Landstraßen Harry am Samstag mit uns entlanggekurvt ist. Trotzdem ist es nicht leicht, den Weg zu finden. Bei Tag sieht alles anders aus.

Wir fahren zuerst am Friedhof vorbei. Dann durch eine Birkenallee. Immer wieder blenden mich einfallendes Licht und Flashbacks unserer Recherche vom Sonntag. Wir verfahren uns und müssen wieder ein Stück in die Richtung, aus der wir gekommen sind. *Rückfall*, denke ich. Dann Apfelbäume. Und Sonne. Wir treten hart in die Pedale und schwitzen: *Bestrahlung*. Dann Feldwege entlang der Landstraße. Rechts blüht eine dieser Schmetterlingswiesen, wo alles durcheinanderwächst und nie gemäht wird: *Heilungschancen*. Dann Weinberge, deren grüne Gassen von uns weg nirgendwohin führen.

Nach vierzig Minuten sehen wir endlich das gelbe Ortsschild, neben dem ein verwittertes Weinfass steht. Der Ort liegt an der Bahnlinie und hat nur eine Straße. Harry hat Bastian am Samstag vor einem kleinen Haus abgeladen. Weiß getüncht, mit Efeu oder Weintrauben an der Fassade. Aber alle Häuser hier sind weiß getüncht und wild bewachsen. Jule steigt ab. Ich steige auch ab und wir schieben die Räder ein paar Meter. Jule bleibt vor einem der Häuser stehen. Blaue Fensterläden öffnen sich kurz und schließen sich gleich wieder, das Haus zwinkert uns zu. Wir sind uns nicht sicher. Jule erkennt Bastians Familiennamen auf dem Schild. Wir klingeln.

Die blaue Tür öffnet sich und eine Frau wie eine Flutwelle schiebt sich nach draußen. Kurze Haare, die nach allen Seiten abstehen, buntes Wickelkleid. Schweißperlen suchen sich wie Wassertropfen einen Weg über ihre Schläfen auf den Boden. *Ohne Ausweis voller Preis*, kommt es mir in den Sinn.

»Ja?«

Ich habe Angst, dass die Frau, die immer noch aussieht wie ein Kugelfisch, sich aufplustert und uns wegschickt.

»Wir suchen Bastian«, sagt Jule und schaut verlegen. Da drückt sich eine Regung zwischen Nase und Doppelkinn der Frau durch. Es ist ein Lächeln, das immer breiter wird, bis sogar ihre blauen Augen lächeln.

»Wie schön«, sagt sie, »kommt rein.«

Sie geht zurück ins Haus und lässt die Tür für uns offen.

»Was ist hier los?«, flüstere ich Jule zu, bevor wir die Türschwelle hinter uns lassen.

»Keine Ahnung«, flüstert sie zurück.

Wir gehen vorbei an einem Setzkasten, vollgestopft mit eingestaubten Elfen. Nicht nur der Flur ist dunkel, auch im Wohnzimmer sind alle Fensterläden wegen der Hitze geschlossen.

»Bastian ist noch nicht zurück«, sagt die Frau, »aber ihr könnt gerne auf ihn warten.«

Sie zeigt auf das Sofa, das ich mir am Samstag vorgestellt habe, als Bastian vorgeschlagen hat, bei sich zuhause zu kochen. Nur dass es nicht das Sofa ist, das ich mir vorgestellt habe, sondern eine speckige, graue Version davon. Davor steht ein Glastisch mit dreckiger Platte. Auf der Fensterbank lungern Kakteen rum.

Die Frau lässt sich auf die Couch fallen und sieht unschlüssig aus. Wir haben Durst und schielen in Richtung Kühlschrank. Aber anstelle eines Getränks bietet sie uns das Du an: »Ich bin die Elfi.«

Jule stellt uns vor.

Wir setzen uns.

»Hat's euch gefallen bei unseren Fischen?«

Sie lacht, so dass man mitlachen möchte, und wirkt wie eine Fehlbesetzung in diesem Wohnzimmerfilm. Wie kann sie so unbeschwert lachen, während sie auf eine Nachricht von ihrem Sohn aus dem Krankenhaus wartet? Oder hat er sie von unterwegs aus angerufen und Entwarnung gegeben?

»Bastian hat euch im Aquarium rumgeführt, oder?«, fragt sie stolz.

»Ja«, sagt Jule, »war super.«

Mein Blick klettert von einem Bilderrahmen an der Wand zum nächsten. Ein kleiner Junge mit dunklen Augen und Wuschelhaar. Später ein großer Junge, in Flip-Flops mit Schal. Daneben die Frau, die uns gegenübersitzt. Ich schaue ungläubig zum Kugelfisch und dann zu Jule rüber. Jule erwidert meinen Blick und zuckt mit den Schultern, wie um zu sagen: Das ist doch nicht so schlimm. Und natürlich ist es nicht schlimm, dass wir mit Bastians Mutter im Wohnzimmer sitzen. Aber dass er sie uns bei unserem Besuch im Aquarium nicht vorgestellt hat, ist merkwürdig.

Die Frau nimmt die Fernbedienung vom Tisch und zeigt auf den Bildschirm: »Stört's euch?«

Wir schütteln die Köpfe. Das Youtube-Logo erleuchtet das Zimmer. Jule spielt mit dem Schutzengelkettchen um ihren Hals und hält das Gespräch am Laufen.

»Und Bastians Vater arbeitet auch im Aquarium?«

Elfi lacht. »Quatsch.« Sie löst den Blick vom Bildschirm. »Wir leben schon lange alleine, Bastian und ich.«

Ich bin mir plötzlich nicht mehr sicher, dass ich wirklich auf Bastian warten will. Jule hat die Beine übereinandergeschlagen, aber kann ihre Hände nicht stillhalten. Bastians Mutter scrollt sich durch ihre Youtube-Empfehlungen. Ihr Feed enthält jede Menge Clips aus Geo-Dokumentationen in Grün und Blau. Aber auch Videos mit Titeln wie *Krankentagebuch Tag 3* oder *Leben mit Diagnose*. Ich schaue schnell weg. Sie wählt ein Video, in dem zwei Vollpfosten eine Lebendlieferung mit einem geheimnisvollen Fisch öffnen, den sie im Darknet bestellt haben. Elfi grinst, als nach Porzellanpuppen, Gartenzwergen und Pornoheften ein Haifisch-Embryo zum Vorschein kommt.

»So«, sagt Typ 1, »jetzt testen wir mal den PH-Wert für diesen motherfucker.« Er hält einen Teststreifen, der sich zartrosa färbt, in seine Fischhölle: Großaufnahme. Erst vom Streifen, dann von dem ledrig aussehenden Ei, in dem gut sichtbar ein kleines Wesen wild mit dem Schwanz schlägt.

»Bastian kommt bestimmt bald«, sagt Elfi.

»Hm«, sage ich. Ich wünschte, es gäbe einen Teststreifen dafür, wann Bastian die Wahrheit sagt. Ob wir darum bitten sollen, in seinem Zimmer zu warten?

»Haben Sie eine Gästetoilette?«, frage ich und vergesse das Du. Elfi schickt mich hoch ins Bad. Schon am Fuß der Treppe sehe ich ein getöpfertes WC-Schild mit Elfe drauf. Ich halte darauf zu. Aber als ich oben angekommen bin, sind rechts und links von der Badtür zwei weitere Türen, die jeweils einen Spalt offenstehen.

Ich linse ins erste Zimmer und sehe ein riesiges Wasserbett. Überall auf dem Boden liegen bunte Wickelkleider. Lichtstreifen fallen durch die Fensterläden und landen auf Bücherstapeln, die wie Stalagmiten aus dem Boden ragen. Regale für die Bücher oder andere Möbelstücke gibt es nicht. An der Wand hängt ein Kalender, in dem alle Tage vor Montag ausgekreuzt sind. Aber auch alle Tage danach.

Ich werfe einen Blick in das andere Zimmer. Erst sehe ich kaum etwas, bis ich verstehe, dass die Wände das Licht schlucken. Alles ist schwarz gestrichen, sogar die Decke. Vor dem Fenster ein dunkler Vorhang. Wenn ich jetzt das Licht einschalte, überschreite ich wirklich eine Grenze. Ich entscheide mich dagegen, mache aber trotzdem einen Schritt ins Zimmer. Ich stehe ein paar Sekunden im Dunkeln und weiß nicht, ob ich suche, und wenn ja, wonach. Zwei LED-Teelichter schimmern mir entgegen. Halb versteckt hinter einem Stuhl finde ich einen Spiegel. Eine Hawaii-Kette aus bunten Plastikblumen hängt von einer Spiegelecke runter. Ich gehe näher ran. Zwischen den LED-Lichtern sehe ich eine Schale mit einem Keks in Knochenform, ein Hundehalsband und ein Bild: Ein Kind, vielleicht sechs oder sieben, grinst in die Kamera. Daneben ein ziemlich hässlicher Mops, der sich zärtlich an die gelben Gummistiefel schmiegt. Ich hatte mir John Lennon irgendwie anders vorgestellt: als Golden Retriever oder Bobtail. Weshalb habe ich das Gefühl, dass John Lennon nicht erst vor Kurzem verschwunden ist? Je mehr ich über Bastian weiß, desto weniger passt zusammen.

Weil ich wirklich dringend muss, gehe ich doch noch schnell aufs Klo. Ich lasse kaltes Wasser über meine Unterarme laufen und trinke aus dem Hahn. Als ich runterkomme, schauen Jule und Bastians Mutter einem Typ beim Aquascaping zu. Er wirft wahllos so viel Zeug in sein Aquarium, dass es aussieht wie Disneyland.

Ich finde, dass wir so nicht mit Bastian sprechen können. Wegen der Lügen. Erst muss ich Jule vom oberen Stockwerk und dem Hundeschrein erzählen.

Ein neues Video beginnt und ein junges Paar auf einem Segelboot winkt in die Kamera.

»Wir müssen los«, sage ich.

Jule runzelt die Stirn: »Wir wollten doch auf Bastian warten.«

»Hab voll vergessen, dass mein Vater das Auto braucht!«

Was Besseres fällt mir nicht ein. Ich versuche, Jule einen durchdringenden Blick zuzuwerfen. Natürlich weiß sie, dass wir eigentlich mit dem Fahrrad hier sind und dass ich nicht mal einen Führerschein habe.

»Okay«, sagt Jule und macht ein nachdenkliches Gesicht, »wenn er es wirklich braucht.«

»Unbedingt.«

Jule steht vom Sofa auf.

»Wir müssen, Elfi. Sag Bastian, er soll sich melden, ja?«

Jule hat kein Problem mit dem Du.

»Ja, gerne«, sagt Elfi und wirft uns einen gerührten Blick zu, der wahrscheinlich mehr dem Paar auf dem Bildschirm gilt, das am Horizont gerade Delfine entdeckt.

»Hast du so was schon mal erlebt?«, fragt der Typ, der aussieht wie aus dem Segelmodekatalog.

»Nein«, antwortet seine Freundin und kuschelt sich an ihn, »so abgefahren! Das glaubt uns keiner.«

17

FLUCHTPUNKTE

Wir lassen das Ortsschild hinter uns und fahren zügiger als nötig. Seit wann ist es eigentlich so schwierig, mit Jule zu sprechen? Früher hat ein Blick gereicht und wir haben uns verstanden. Jetzt ist es, als wären wir an unterschiedlichen Orten gewesen und hätten unterschiedliche Personen getroffen.

Ich sage: »Elfi.«

Jule sagt: »Total nett.«

Erster Gang.

Ich sage: »Bastian hat uns verschwiegen, dass sie seine Mutter ist.«

Jule sagt: »Na und?«

Ich sage: »Sein Vater arbeitet nicht als Meeresbiologe im Aquarium. Er hat die Familie verlassen.«

Jule überlegt.

Zweiter Gang.

Ich ahne, was ihr durch den Kopf geht und hoffe, dass sie es nicht sagt.

»Bisschen wie deine Mutter, oder?«

Wir sind wieder im Weinberg und ich überlege kurz, Jule stehen zu lassen und durch eine grüne Gasse Richtung Fluchtpunkt abzuhauen.

»Das ist ja wohl was anderes«, sage ich.

»Wieso?«

»Wieso?«, äffe ich sie nach. »Weil meine Mutter uns nicht einfach so verlassen hat. Weil ich nicht erzähle, dass meine Mutter Astronautin ist oder mit Drogen dealt. Deshalb.«

»Nein«, sagt Jule, »du schweigst deine Mutter lieber tot.«

Das sitzt. Mir fällt nichts ein, was ich darauf antworten kann. Überhaupt weiß ich nicht, weshalb wir plötzlich über mich und meine Mutter reden und nicht mehr über Bastian. Ich möchte ihr von dem seltsamen Hundeschrein erzählen, aber wie soll das gehen, ohne zuzugeben, dass ich in Bastians Zimmer eingebrochen bin?

Wir lassen die Birkenallee hinter uns.

»Finde ich nicht schlimm«, sagt Jule, »so eine kleine Lüge. War ihm bestimmt einfach peinlich, dass sein Vater abgehauen ist.«

Es geht bergab. Ich schalte hoch.

»Aber die Mutter, Jule«, versuche ich es nochmal, »die sah nicht aus wie jemand, der darauf wartet, zu erfahren, ob ihr Kind todkrank ist.«

Eine steile Falte schiebt sich zwischen Jules Augenbrauen.

»Was willst du damit sagen, Alice?« Sie gestikuliert dramatisch in Richtung Friedhof, der inzwischen neben uns aufgetaucht ist. Dabei fällt sie fast vom Rad.

»Bist du erst zufrieden, wenn wir Bastian da drüben besuchen?« Ihre Augen blitzen. Über nichts kann ich mehr reden mit ihr.

»Ach, Jule, vergiss es«, sage ich und dann bin ich weg.

Ich fahre einen langen Umweg nach Hause und warte sicherheitshalber noch kurz an der Ecke, bevor ich in unsere Straße abbiege. Ich weiß ja nicht mal selbst so richtig, was ich mit meiner Bemerkung über Bastians Mutter sagen wollte. Dass etwas seltsam ist, wahrscheinlich. Dass ich Bastian nicht verstehe. Dass ich es blöd finde, wenn er lügt. Es ist ja nicht mal so, dass ich ihm nicht glaube.

Als ich gerade dabei bin, das Fahrrad hinter das Gartentürchen zu bugsieren, biegt Jules Mutter in ihrem Cabrio um die Ecke. Die Yogamatte liegt neben ihr auf dem Beifahrersitz und Deutschpop dröhnt aus den Lautsprechern. *Schieß mich doch zum Mond,* singt Roger Cicero. Mein Vater hat mir erzählt, dass er total jung an einem Schlaganfall gestorben ist. Jules Mutter winkt mir lachend zu und biegt in die Einfahrt ein. Dieser Montag fühlt sich an wie der letzte Tag der Welt.

Die Nachricht, auf die ich den ganzen Morgen gewartet habe, kommt erst kurz nach zehn. Zu spät eigentlich für einen Wochentag.

> Komm zu den Rheinwiesen in der Nähe der Strandbar. Jetzt sofort.

Ich sitze im Bett und habe schon das ausgebeulte Schlafshirt meiner Mutter an. Schnell ziehe ich einen Hoodie drüber, packe die Nähmaschine weg und schnappe meinen Rucksack. Beim Runtergehen knarzt die Holztreppe. Mein Vater ruft aus dem Schlafzimmer: »Alice?«

Ich reagiere nicht.

Ich höre ihn aufstehen und Richtung Treppenabgang schlurfen. Dann steht er vor mir, ebenfalls in einem Schlafshirt von Mama. Nur dass es an ihm nicht schlackert, sondern eng anliegt und ein Stück Bauch über dem Bund seiner Boxershorts freilegt. Das macht mich ganz weich. Er sieht, dass ich meinen Rucksack dabeihabe.

»Willst du jetzt noch weg? Ist echt schon spät.«

Wie soll ich ihm das erklären?

»Ich muss jetzt für jemanden da sein«, sage ich und komme mir vor wie die Hauptdarstellerin einer Soap, »für jemanden, dem es schlecht geht.«

Dabei weiß ich noch gar nicht, ob es Bastian schlecht geht. Die Sozialarbeiterzahnrädchen hinter der Stirn meines Vaters rattern. Er hält mit beiden Armen seine Ellbogen fest, als wäre ihm kalt. Fast finde ich es lächerlich, dass es ihm nicht gelingt, einfach mal ein Verbot auszusprechen. Aber trotzdem ist das, was er als Nächstes sagt, großes Kino.

»Verstehe. Pass auf dich auf. Und nimm die Luftpumpe mit.«

Mit dreizehn hätte ich ihn umarmt.

Ich hole mein Fahrrad aus der Garage und fahre los in Richtung Rheinwiesen.

Allein im Dunkeln durch den Wald zu fahren, ist anders, als mit Jule unterwegs zu sein. Ich glaube nicht an die Schauergeschichten, die unausgesprochen hinter den gut gemeinten Ratschlägen von Jules Eltern stehen. Trotzdem machen die Bäume lange Finger, werfen verkrümmte Schatten auf den Waldboden und flüstern sich Geheimnisse zu. Um meine Angst loszuwerden, singe ich den Wald an. Der erste blöde Ohrwurm, der mir einfällt, ist das Lied, das Jules Mutter vorhin über die Cabrio-Lautsprecher gespielt hat. Aber ohne Jule bleibt die Nacht schwarz.

Nach einer Ewigkeit lichtet sich der Wald und gibt den Blick auf die Rheinwiesen frei.

18

RHEINWIESEN

Obwohl der Vollmond eine kitschige Straße aus Licht auf den Rhein zeichnet, kann ich Bastian nicht finden. Ich rufe ihn an. Seine Stimme klingt tief und angenehm wie immer, ist aber nach vier Sekunden weg: Mailbox. Gänsescheiße bleibt an meinen Reifen kleben. In der Ferne glimmen die Strandbarlichter. Ich gehe in Richtung Parkplatz, auf dem nur wenige Autos stehen. Eins hat voll aufgeblendet. Die Scheinwerfer strahlen weit in Richtung Wald und beleuchten dort die Bäume. Der Kofferraum steht offen. Ein Typ lädt fluchend Zeug in Tüten, hält dann inne und schaut in die Nacht.

»Alice?«

Bastian hat doch nicht mal einen Führerschein.

»Wieso bist du mit dem Auto da?«, frage ich und schiebe mein Rad näher ran. Bastian antwortet nicht. Stattdessen füllt er Dinge in riesige Ikea-Plastiktaschen, eine blau, eine gelb. Sie stehen links und rechts neben dem Auspuff. Gerade hebt er etwas Schweres aus dem Kofferraum und lässt es krachend in die rechte Tasche fallen. Mein Fahrrad schiebt mich weiter, bis ich bei ihm ankomme. Bastian ist ein bisschen verschwitzt und seine Haare hängen ihm wirr ins Gesicht. Das sieht cool aus, fast, als wäre er hierher gejoggt.

»Was machst du denn?«, frage ich seinen Rücken.

Er zuckt zusammen.

»Nimm mal.« Er zeigt auf die blaue Tasche.

Probehalber hebe ich sie an und stelle sie gleich wieder ab. Ich weiß nicht, was er da eingepackt hat. Neutronensterne? Raumschiff Enterprise? Ein Walross? Ich kann doch nicht mit einer Hand einen sauschweren Sack tragen und mit der anderen das Rad schieben. Bastian knallt den Kofferraumdeckel zu. Er schließt nicht ab und lässt das Licht an. Mit der gelben Tasche über der Schulter stapft er in Richtung Rheinwiesen. Er dreht sich nicht nach mir um. Ich weiß nicht, was das soll. Aber dann denke ich an die Untersuchung und an den Youtube-Feed seiner Mutter. Ich muss jetzt geduldig sein. Ich hieve die andere Tasche auf den Sattel, stütze sie mit der rechten Hand, damit sie nicht abstürzt. Mit der linken Hand schiebe ich das Rad am Lenker vorwärts. Unter meinen Reifen knirschen Scherben.

Bastian stoppt erst, als er fast bei einer Gans, die in Ufernähe schläft, angelangt ist, und leert seine Tasche auf die Wiese. Die Gans wacht auf und watschelt in unsere Richtung. Ich weiß, es geht nicht um mich. Aber warten kann ich jetzt auch nicht mehr.

Bastian setzt sich im Schneidersitz hin.

»Und jetzt?«, frage ich.

»Die blaue Tasche auch.«

»Mach doch selbst.«

Endlich schaut er mich an. Sein Blick ist traurig, aber auch ein bisschen wütend. Plötzlich muss ich an den Eintrag in Jules Mondkalender denken, den ich bei ihr zuhause gelesen habe. *Nehmen Sie sich ein Beispiel am Mond und offenbaren Sie sich.*

Ganz kurz zeigt das Schwarz seiner Augen mein Spiegelbild und ich denke, jetzt ist es so weit, jetzt erzählt er mir alles. Aber dann hebt er nur in einer fließenden Bewegung die zweite Tasche hoch, als wäre sie total leicht und leert sie aus. Bücher rumpeln raus, dann etwas, das aussieht wie eine überdimensionale Schwimmweste und ein gerahmtes Bild. Die Glasabdeckung ist an einer Stelle gesprungen. Aus dem unteren Teil des Haufens hängen Kabel, schwarze Schläuche und Spanngurte. Daneben legt Bastian fast zärtlich eine Playstation. Der Rhein, der umso lauter murmelt, je länger wir schweigen, nervt. Der Mond mit seinem blöden Käsegrinsen nervt.

Vor uns der Haufen: *Manipulation und Körpersprache* heißt ein Buchtitel. Auf dem Cover ist ein Hai abgebildet. Superheldencomics. Ein Globus. Was will Bastian damit? Es würde mich nicht wundern, wenn er gleich wieder sein bescheuertes Deo und das Feuerzeug auspackt. Ganz oben liegt: *Krebszellen mögen keine Himbeeren. Schmackhafte Rezepte fürs Immunsystem*.

Ich muss jetzt wissen, was los ist.

»Weshalb hast du mir geschrieben und nicht Jule, wenn du keinen Bock hast auf Reden?«, frage ich. Und klar klinge ich jetzt nicht mehr so verständnisvoll, wie ich mich auf der Fahrt hierher gefühlt habe. Sondern wie jemand, der aus dem Bett geklingelt wurde, um Ikea-Taschen mit Walrössern drin durch die Nacht zu schleppen.

Bastian sieht aus wie jemand, der aufwacht. Verwirrt.

»Die anderen kommen gleich«, sagt er. »Wenn alle hier sind, erzähle ich.«

Die anderen kommen gleich. Ach so. *Mord um Mitternacht*, noch so ein Buchtitel. Welche anderen überhaupt? Und was habe ich erwartet? Dass Bastian unbedingt mit mir alleine reden will, weil ich die Einzige bin, die ihn versteht? Wilde, heiße Wut wallt in mir auf. Die Gans zetert vorwurfsvoll. Bastian wirft ein Reclamheft (Fontane: *Irrungen, Wirrungen*) in ihre Richtung. Xenonscheinwerfer leuchten den Parkplatz hinter uns aus. Die Nobelkarre von Harrys Vater parkt. Drei Leute steigen aus. Weil Jule immer läuft, als hätte sie einen Flummi verschluckt, weiß ich sofort, dass sie es ist, die zwischen Harry und Theo auf uns zuhält. Ihr blonder Pferdeschwanz wippt zielstrebig im Takt ihrer Schritte. Sie winkt. Bastian winkt nicht zurück. Als Jule mich sieht, stockt sie kurz. Dann läuft sie weiter auf den Haufen zu. Theo ist als Erster bei uns.

»Was geht?« Bastian hält Theo und Harry die Hand hin, damit sie einschlagen können.

»Mistest du aus?«

»Kann man so sagen.«

Bastian grinst zum ersten Mal an diesem Abend.

Die drei setzen sich im Halbkreis um den Haufen.

»Wieso seid ihr erst jetzt da?«

Jule bekommt große Augen und ihre Stupsnase kräuselt sich: »Versuch du mal, an meinen Eltern vorbeizuschleichen.«

Harry schiebt einen Bildband über die Mondlandung zur Seite. Theo zieht eine schwarze Konsole unter der Mondlandung hervor.

»Krass, die Playstation.«

»Kannst du haben«, Bastian grinst breiter, »brauch ich nicht mehr.«

Theo schaut Bastian ungläubig an, zuckt dann aber mit den Schultern. Er kramt im Haufen nach dem Controller.

»Erzähl, wie die Untersuchung war«, sagt Harry und Jule macht ein fröhliches Gesicht dazu.

»Nicht so.«

»Wie – nicht so?«

»Na, nicht so gut.«

Harry nimmt ein Buch in die Hand: *One of us is lying.*

Jule und ich schauen Bastian an und warten darauf, dass er weiterredet. Theo schaut aufs Wasser.

»Der Tumor ist wieder gewachsen.«

»Fuck!«, sagt Harry. Er kann Bastian nicht ansehen.

»Ja, fuck«, sagt Jule – und das ist komisch, weil sie fluchen eigentlich blöd findet –, »und was machst du jetzt?«

»Weiß nicht. Der Tumor drückt auf den Nerv.« Bastian fasst sich an den Rücken. »Wenn ich die OP absegne, schneiden die da durch, um an das Rückenmark zu kommen. Gewebe weg, Muskeln weg, die Wirbel werden aufmeißelt. Mehr als die Hälfte der Patienten, die so eine OP mitmachen, sind danach gelähmt.«

Theo schaut betreten zur Seite.

»Aber die letzte OP hast du doch gut weggesteckt.«

Jetzt hat Bastian wieder den traurig-wütenden Blick von vorhin im Gesicht. Nur, dass er diesmal Harry gilt.

»Bist du bescheuert? Die letzte OP war die Hölle. Und wenn es schlecht läuft, sitze ich diesmal danach im Rollstuhl. Da mache ich doch lieber stattdessen einfach mit euch Party, solange ich kann.«

Alle fangen gleichzeitig an zu reden. Alle protestieren. Alle sind Psychologen und Ärzte und Lebensretter und wasweißich. Du kannst doch nicht ... auf keinen Fall ... Ich meine, wenn das streut ... Denk doch mal an ... Zweitmeinung ... und deine Mutter ... unbedingt eine Klinik ... statistisch gesehen ... besser als Radieschen von unten, oder? ... Klar ist das dein Leben ... Jetzt hör doch mal auf mit dem ... Klar würde ich dich besuchen ... Weshalb nimmst du immer alles persönlich?

Aber Bastian erzählt uns das nicht, damit wir ihn umstimmen. Er hat seine Entscheidung schon getroffen. Er wird sich nicht operieren lassen. Traurig ragt der Haufen mit seinen Sachen vor uns in die Luft.

»Ich sage euch jetzt, wie ich mir das vorstelle.«

Alle schweigen, selbst Theo und Jule. Innerhalb von fünf Minuten ist Bastian der wichtigste Mensch auf der Welt geworden.

»Ich will noch was erleben. Zusammen mit euch.« Seine Stimme klingt trotzig. »Wer ist dabei?«

Keiner sagt was.

Da wirbelt Bastian herum und tritt in den Haufen. Die Playstation kracht auf den Bilderrahmen. Bunt lasierte Murmeln klickern runter und landen in der Gänsescheiße. Seine Augen glühen: »Könnt ihr alles haben. Dahin wo ich muss, kann ich nichts mitnehmen. Wer ist jetzt dabei?«

»Ich«, flüstert Jule, macht einen Schritt auf Bastian zu und nimmt seine Hand.

Die Jungs sehen sich an.

»Ich auch.« Harry grinst.

»Und ich«, sagt Theo kopfschüttelnd.

Ich schaue in Bastians Gesicht. Er sieht zufrieden aus, aber der fieberhafte Ausdruck seiner Augen beunruhigt mich. Als Einzige sage ich nichts.

Feierlich überreicht Bastian Harry einen Tauchgürtel, den Globus und die Comicsammlung. Jule bekommt die Murmeln, die noch sauber sind, den Bildband zur Mondlandung und eine Packung Teelichter. Theo erhält die andere Hälfte von Bastians Tauchausrüstung und die Playstation, die jetzt ziemlich ramponiert aussieht. Ich nehme mir nichts, aber Bastian stapelt, ohne zu fragen, alle Bücher vor mir auf dem Boden. Nur das gerahmte Bild mit dem Sprung ist noch übrig.

»Ich kann doch das Bild nicht wieder mitnehmen.«

»Klar kannst du.«

Er verschränkt die Arme vor der Brust wie ein Kleinkind an der Supermarktkasse. »Kann ich nicht.«

Ich seufze und gebe nach.

Harry und Theo versprechen, das Bild mit dem Auto mitzunehmen und in unserem Vorgarten abzuladen. Ich fühle mich furchtbar erschöpft und räume langsam Buch für Buch in meinen Rucksack. Dann steige ich aufs Rad.

Im Wald stechen mir die spitzen Ecken der Bücher in den Rücken. Ich überlege kurz, das Zeug hier und jetzt wegzuwerfen, Bastians Nummer zu löschen und irgendwo tief unter die Erde zu ziehen, wo es keinen Mond gibt, keinen Bastian. Aber ich strampele weiter. Als ich an der Brücke angekommen bin, wo Bastian vorletzte Woche mit John Lennon gewartet hat oder vielmehr nicht mit John Lennon gewartet hat, merke ich, dass mein Vorderreifen schlapp macht. Scheiße. Im Dunkeln und mitten im Wald kann ich das Ding nicht flicken. Ich krame meine Luftpumpe raus, finde mithilfe der Handybeleuchtung das Ventil und pumpe den Reifen auf. Ich muss noch zweimal anhalten und pumpen, bis ich in unserer Siedlung bin. Aber ich komme heim.

19

VORHÄNGE

Ich sitze im Vorgarten auf einem Campingstuhl und repariere den Platten. Jule und Bastian waren am Morgen beide nicht in der Schule. Mein Rad steht kopf. Ich auch. Wie spät ist es auf den Rheinwiesen wohl geworden ohne mich?

Durchs gekippte Küchenfenster höre ich meinen Vater. Er hört Meditationsmusik und quietscht dazu auf seiner Querflöte rum. Bestimmt hält das Mammut an der Küchenwand sich mit dem Rüssel ein Ohr zu. Würde ich auch tun, wenn ich nicht beide Hände bräuchte, um die Bremse auszuhängen und die Radmuttern zu lösen. Links zuerst, dann rechts. Verrückt eigentlich, wie so eine Mutter alles zusammenhält.

Mein Blick schweift zu Bastians Bild ab, das an unserer Hauswand lehnt. Wie schnell wächst Efeu? Vielleicht lasse ich das Bild einfach hier stehen, bis es im Herbst unter einer roten Blätterwand verschwindet. In meinem Zimmer kann ich es jedenfalls nicht aufhängen. Die vordere Gestalt, die mich direkt ansieht, verlangt eine Erklärung von mir, sie will mich zur Rede stellen. Aber ich weiß keine Antwort. Ich weiß nicht mal die Frage. Vielleicht weicht sie selbst auch nur dem Blick der Gestalt hinter ihr aus. Beide Figuren sind weiblich und tragen Federhüte auf dem Kopf. Der Hintergrund ist dunkel.

Ich öffne das Ventil und hebe den Mantel von der Felge. Mantelheber hab ich nicht, ein Schraubenzieher muss reichen.

Ohne etwas kaputt zu machen, bekomme ich die Mantelseite über den Felgenrand und ziehe den Schlauch raus. Dann hole ich einen Eimer Wasser und stelle ihn vor mich auf dem Boden. Ich ziehe den Schlauch auf meinen Schoß. Da quietscht die Gartentür und wenig später stehen Bastians Flip-Flops und Jules rot lackierte Zehen in Riemchensandalen in meinem Blickfeld. Ihre Fahrräder haben sie draußen gelassen.

»Hey«, sagt Bastian. Ganz normal, als wäre nichts passiert.

»Hey«, sage ich.

»Weshalb hast du den rausgenommen?«

Bastian zeigt auf den Schlauch, den ich gerade aufpumpe.

»So findest du die kaputte Stelle im Mantel nicht. Wenn da noch was steckt, reparierst du umsonst.«

Jule nickt eifrig. Dabei hat sie garantiert noch nie selbst einen Reifen geflickt.

»Klar finde ich die.«

Wir schweigen.

»Wo wart ihr heute Morgen?«, frage ich.

Jule grinst, als wäre das Antwort genug. Dabei fehlt sie fast nie, nicht mal mit Fieber. Ich führe den Schlauch Stück für Stück durchs Wasser. Kleine Luftblasen perlen zu mir hoch. Bastian kniet sich neben mich. Unter seinen Augen liegen dunkle Schatten. Aber er riecht gut. Er riecht nach Jules Grapefruit-Duschgel. Ohne zu fragen, nimmt er den Mantel, den ich neben den Eimer gelegt habe, in die Hand und tastet die Innenseite ab. Jule folgt mit dem Blick jeder seiner Bewegungen. Sie legt ihm ihre Hand auf die Schulter. Fehlt nur noch, dass sie sich zwischen uns drängt und anfängt, auch am Mantel rumzufummeln.

»Wir müssen jetzt los«, sagt Jule.

Bastian zieht einen Splitter, der tatsächlich noch im Mantel hängt, raus.

»Siehst du?«

Ich nicke. Danke ist gerade einfach nicht drin.

»Kommst du mit uns zu den Sternen?«, fragt er.

»Wohin?« Meine Frage richtet sich an Jule, die das Bild an der Hauswand betrachtet.

»Ins Planetarium«, sagt Bastian.

Jule versucht seit Jahren, mich zu überreden, das Planetarium zu besuchen. Aber jetzt bleibt ihr Blick auf das Bild fixiert. Das Glas ist genau zwischen den zwei Gestalten gesprungen und trennt die rechte von der linken Gestalt.

»Weiß nicht.«

Ich trockne die kaputte Stelle, raue sie mit Schleifpapier an und schmiere Kleber drauf. Ich würde Bastian gerne fragen, was mit dem Hund und seinem Vater passiert ist. Welche Antwort er wohl für mich hätte?

Jule ist bereits auf dem Weg zur Gartentür.

»Ach, komm schon«, sagt Bastian. Auf seinen Wangen erscheinen Grübchen und ich muss mit ihm mitlächeln.

Als er sich umdreht und geht, drücke ich schnell den Flicken auf den angetrockneten Kleber und pumpe den Schlauch halb auf. Alles dicht. Rein mit dem Schlauch in den Mantel. Mantel über den Felgenrand. Rest aufpumpen. Am liebsten würde ich die Mutter weglassen. Scheiß auf die Mutter. Geht aber nicht, wenn ich fahren will.

»Wartet«, rufe ich, »ich bin fast so weit.«

Das Planetarium sieht mit seinen Glasfronten aus wie ein überdimensionales Raumschiff. Wir schließen die Räder an und treten ein. Bastian läuft zwischen mir und Jule. Immer mit gleichem Abstand zu beiden von uns. Wir stellen uns an der Kasse an. Bastian kramt in seiner Hosentasche, findet aber nur Münzen.

»Ich hab auch nichts mehr«, sage ich und versuche, Jule genauso schuldbewusst anzusehen wie Bastian.

»Schon okay«, sagt sie, aber ich merke, dass es überhaupt nicht okay ist. Noch nie zuvor hat es ihr etwas ausgemacht, mich einzuladen, aber jetzt gelten für Bastian und mich anscheinend unterschiedliche Regeln. Jule schiebt einen Hundert-Euro-Schein unter der Glasscheibe durch. Der Blick des Kassierers bleibt kurz an Bastians Flip-Flops und meinem von der Fahrradreparatur verschmierten Kleid hängen. Dann aber malt er gleichgültig mit einem Banknotenprüfstift auf dem Schein rum und gibt uns drei Tickets zu der Show, die Jule ausgesucht hat: Unser Sonnensystem. Sie hat ganz umsonst Stress gemacht. Wir haben noch eine halbe Stunde Zeit bis zur Vorstellung. Im Eingangsbereich steht eine Bar, über der ein Mondzyklus in neun Bildern abgelichtet ist. Jule kauft Popcorn und Cola für sich selbst und Bastian. Dann geht sie aufs Klo und fragt nicht, ob ich mitkomme.

»Hab was mitgebracht«, sagt Bastian, sobald sie weg ist. Er zieht eine Metalldose aus der Tasche seiner Shorts und öffnet sie. Winzige Pilze kommen zum Vorschein. Sie sehen aus wie hundertjährige Kaulquappen: Verschrumpelte Köpfe mit langen Schwänzen, die im Kampf gegen die Luft in alle Richtungen ausschlagen.

»Magic mushrooms«, flüstert er.

Was bitte?! Ich schaue mich um, aber wir sind alleine im Foyer. Sogar die Frau, die uns gerade bedient hat, ist mit ihrem

Handy hinter einer Tür mit der Aufschrift *Personal* verschwunden.

»Wo hast du die her?«, zische ich.

Bastian macht ein geheimnisvolles Gesicht. Einen Moment lang sieht er verwegen aus wie der Typ mit dem Haifischei aus dem Darknet. »Bist du dabei?«, fragt er.

»Bist du dabei?«, fragt mein Vater und legt etwas vor meiner Mutter auf einer Untertasse ab. Ich stehe vor der Küchentür, die einen Spalt aufsteht, und versuche angestrengt zu erkennen, was er von seinem Wochenendtrip nach Amsterdam mitgebracht hat. Vielleicht ist auch was für mich dabei? Ein verspätetes Geschenk zu meinem achten Geburtstag? Oder Gummibärchen? Oder Schokolade? Eigentlich sollte ich längst im Bett sein.

Meine Mutter schüttelt den Kopf und sieht dabei unendlich müde aus. Über ihr eine funzlige Glühbirne. Drei Wochen überlegt sie schon, welche Lampe sich in der Küche am besten machen würde. Mein Vater breitet die Arme aus. Seine Begeisterung ist ansteckend.

»Stell dir vor, du sitzt in einem dunklen, stickigen Zimmer. Und plötzlich zieht jemand die Vorhänge auf. Hinter den Vorhängen siehst du Dinge, die du fast vergessen oder überhaupt noch nie wahrgenommen hast: eine Wolke, die ihre Form verändert, die Maserung eines Blatts, dein Gesicht im Spiegel der Scheibe.«

Meine Mutter schüttelt den Kopf und schaut rüber zu unseren nackten Fenstern. Seit Wochen will sie Vorhänge nähen. Sie hat sich drei verschiedene Stoffe zur Ansicht bestellt. Hellgrau, dunkelgrau, blaugrau.

»Vielleicht könnte dir so eine Erfahrung helfen, damit es dir besser geht? So eine ganz andere Sicht auf die Dinge?«, flüstert mein Vater.

Die Mundwinkel meiner Mutter zucken. Noch immer schüttelt sie den Kopf.

Ich schüttele den Kopf und sehe Bastian, der immer noch die Metalldose in der Hand hält, entgeistert an. Ich betrachte die Bildstrecke über der Bar und hoffe, dass er aufgibt. Aber dann trifft mein Blick wieder direkt auf seinen. Er zuckt mit den Schultern und lächelt.

»Ich will einfach noch was erleben, weißt du.«

Ich weiß nicht, wie er das macht. Das mit meinem Körper, der sich wärmer anfühlt als sonst. Das mit meinem Herz, das klopft, das mit meinem Kopf.

»Mit dir.«

Jule würde jetzt Risiken, Nebenwirkungen, Dosierung und Spätfolgen recherchieren: abwägen, ablehnen, ausreden. Aber ich bin nicht Jule und ich bin nicht meine Mutter. Die sich vor allem fürchtet, vor allem vor dem Leben selbst. Wie cool wäre es, dieses Geheimnis mit Bastian zu teilen. Die Welt auf eine Art zu sehen, die keiner kennt außer uns.

Bastians rechte Hand, die gerade noch den Splitter aus meinem Fahrradmantel gezogen hat, nimmt drei Pilze aus der Dose und hält sie mir hin. Gleich kommt Jule wieder. Wenn sie den Inhalt der Dose sieht, ist es vorbei. Ich denke an meinen Vater, an meine Mutter. Ich sehe in Bastians Augen. Sehe das Glimmen darin. Dann denke ich gar nichts mehr, sondern greife zu. Bastian nimmt sich doppelt so viel und schiebt sich die Pilze gleichzeitig mit mir in den Mund. Im selben Moment öffnet sich die Klotür. Jule kehrt zurück. Ihre Apfelbäckchen sind rot, die Augenwinkel auch. Hat sie geweint? Ich knatsche auf den Pilzen rum und schiebe eine Handvoll Popcorn hinterher: Der Matsch in meinem Mund schmeckt nach Puderzucker und Sägemehl. Ich nehme einen großen Schluck von Jules Cola. Bastian prostet mir zu und wir schlucken.

Endlich öffnen sich die schweren Türen und wir betreten den Vorführraum. Über uns wölbt sich eine riesige Kuppel mit 360-Grad-Projektionsfläche. Bastian läuft auf einen Sitz in der Mitte des Raums zu und lässt sich hineinsinken. Wir daneben. Die Sessel sind abgefahren. Sie sind mit Samt bezogen wie Kinositze, aber nach allen Seiten dreh- und neigbar. Ich lehne mich zurück und drehe mich um mich selbst. Aus den Augenwinkeln sehe ich, wie Jule nach Bastians Hand greift. Einen Moment lang bilden die Hände eine Brücke zwischen den Sesseln, dann zieht Bastian seine weg und legt sie zurück in den Schoß. Das Licht fährt runter und der Mond geht in unserem Blickfeld auf. Wir rasen mit Wahnsinnsgeschwindigkeit durch Täler, entlang an kantigen Gebirgsmassiven, hinein in tiefe Schluchten. Mir wird schwindelig und meine Hände kribbeln. Ich halte mich an den gepolsterten Lehnen fest. Wir gleiten über den Rand hinaus und schweben ins All. In der Ferne die Erde. Aber wir sehen nur eine blau-weiß marmorierte Sichel, der Rest wird vom Mondschatten verdeckt. Alles ist umgekehrt. Alles ist anders. Ich suche Bastians Blick. Auch er sieht mich an, anstatt auf die Leinwand zu schauen. Eine Stimme erklärt uns die Sternbilder und schickt uns von einem Planeten zum nächsten. Die Marsoberfläche ist rot und rau, im Gegensatz dazu die Sitze so unendlich weich. Ich drücke nacheinander alle Fingerkuppen ins Polster. Die Ringe des Saturn lösen sich in einen Hagel glitzernder Eis- und Gesteinsbrocken auf. Jetzt zoomt das Bild raus, bis der gesamte Sternenhimmel wieder blinkend und blitzend über uns hängt. Da beginnen die Lichtkreise, die um die Sterne lagern, kugelblitzartige Wellen zu schlagen: Die weißgelben Ränder pulsieren. Sie hinterlassen Phantomlinien auf meiner Netzhaut, die über das Kuppeldach wandern, wenn ich die Augen schließe. Neben mir atmet Jule so laut, fast scheint sie zu röcheln. Die Stimme aus dem Off echot in der Kuppel. Die Musik aus den Lautsprechern spielt eine ohrenbetäubende Begleitung. Ich springe auf, greife über Jule hinweg nach Bastians Arm und ziehe ihn aus dem Sessel.

»Raus!«, rufe ich und laufe los. Jule ruft auch etwas, aber ich verstehe sie nicht. Ich renne aus dem Kuppelsaal, durchs Foyer nach draußen und setze mich auf eine Bank. Der Boden schwankt unter mir wie ein Schiffsdeck. Einzelne Pflastersteine treten zwischen den anderen hervor. Bastian ist ganz nah bei mir. Jule fuchtelt mit den Armen. Ich weiß nicht genau, was sie will, sehe aber, wie Bastian ihr die Dose zeigt und wie ihr Gesicht sich verändert. Verschiedene Ausdrücke laufen wie ein Film durch ihr Gesicht, aber keiner bleibt lange. Jetzt endlich hat das Gesicht sich entschieden. Jule ist wütend. Meine Nase läuft.

»Ich will heim«, sage ich. Als ich nach ihrer Hand greife, zieht Jule sie nicht weg. Es ist gut, Jules Hand zu halten. Sie fühlt sich noch genau so vertraut an wie beim Aufstellen in Zweierreihen in der Grundschule.

20

FINDLINGE

Es ist gut, wieder auf dem Rad zu sitzen und den Widerstand der Pedale beim Treten zu spüren. Das Grau der Häuser neben mir wird langsam vom Grün am Wegrand abgelöst. Als ob sie mich schon lange erwarten, strecken mir Bäume und Büsche ihre grünen Blätterhändchen entgegen. Ich lasse den Lenker los, um sie im Vorbeifahren abzuklatschen. Rechts von uns ragt plötzlich die Steilwand mit ihren Zerklüftungen und alten Baggerspuren auf, an der die Freeclimber manchmal klettern. Jule hat uns zum alten Kieswerk gebracht. Zwei riesige Felsbrocken stellen sich uns in den Weg. Zwischen den Findlingen entspringt ein Bach und windet sich als glitzernde Schlange in den Wald hinein. Wir halten an. Ich setze mich auf den Boden, der weich von Moos ist. Bastian und Jule sitzen ein paar Meter weiter und flüstern. Immer wieder schauen sie zu mir rüber. Die Baumkronen über uns nehmen das Flüstern auf, reichen es weiter und schicken es in Richtung Steinbruch. Sonnenlicht fällt durchs Blätterdach. Wo das Wasser sich teilt und um einen alten Reifen fließt, wechselt es die Farbe. Über mir leuchten die Blätter rot, gelb und lila. Dazu der Soundtrack des Waldes. Der Bach plätschert die Baseline. Die Vögel sind am Mikro. Mein Atem passt sich perfekt ein. Jule setzt sich auf einen der Felsen und Bastian kichert. Er schöpft Wasser mit der Hand und lässt es durch seine Finger rinnen. Dann watet er im Bach herum, der tiefer ist, als es aussieht. Ich schaue zu Jule, aber sie sitzt nicht mehr auf dem Stein. Stattdessen sehe ich eine Frau mit offenem Haar und einem warmen Lächeln im Gesicht. Den Kopf hat sie auf die Knie gelegt: Es ist meine Mutter. Um ihren Arm spannt sich eine gelbe Blindenbinde mit drei schwarzen Punkten, die hin und wieder die Anordnung ändern. Sie trägt das Schlafshirt, das jetzt mir gehört. Aber sie wirkt nicht müde. Ihr Blick lädt mich ein. Als sie die Arme ausbreitet, mache ich einen Schritt auf sie zu.

»Pass auf!«

Plötzlich ist meine Mutter verschwunden. Jules Stimme hat auch ihren Körper zurück auf den Stein geholt. Aber ihr Ruf gilt nicht mir, sondern Bastian, der nicht mehr im Bach ist, sondern über die winzige Schlucht vom einen Findling zum anderen springt – und wieder zurück. Wie in Zeitlupe verliert er das Gleichgewicht und fällt. Er schrammt über nasse Steine, dass es knirscht. Dann sitzt er im Wasser. Sein Arm ist aufgeschrammt und blutet. Er kichert in einer seltsamen Tonlage. Das Kichern zerstört die Balance der Geräusche, die sich gerade noch miteinander im Einklang befanden. Die Vögel verstummen. Bastian erhebt sich, rutscht aber auf den glatten Steinen sofort wieder aus. Lässt sich nach vorne fallen. Taucht mit dem Kopf unter. Taucht auf und kichert wieder.

»Wahnsinn!«, ruft er. »Am Grund treibt meine gesamte Vergangenheit.«

»Hör auf zu lügen!«

Ich bin selbst überrascht davon, wie meine Stimme sich überschlägt. Bastian, der gerade wieder abtauchen will, hält mitten in der Bewegung inne. Ich zeige auf seinen blutenden Arm, das Wasser, das eine rötliche Färbung annimmt. Die

Baumkronen über mir vervielfältigen sich. Der geklonte Ausschnitt schwingt hin und her.

»Er muss damit aufhören!«, schreie ich Jule an, die plötzlich neben mir steht. Sie nimmt mich in den Arm und wiegt mich hin und her wie ein Kind. Sch, sch. Alles wird gut. Aber es wird nicht gut. Bastian lügt, denke ich, oder stirbt, und ich schluchze: »Er stirbt!«

Jule streicht mir übers Haar. Ich lege meinen Kopf auf ihre Schulter, die nach Löwenzahn und Grapefruit riecht. Ich will für immer so bleiben, aber Jule dreht sich zu Bastian um.

»Komm aus dem Wasser.«

Jules Oberkörper vibriert beim Sprechen. Ihr Ton klingt bestimmt. Ich kann meinen Blick nicht von Bastians blutendem Arm abwenden. Endlich setzt er sich in Bewegung.

Jule kramt nach meinem Hausschlüssel, findet ihn und schließt auf. Die Glastür, die vom Windfang ins Wohnzimmer führt, ist geschlossen. Dumpf dringt die Musik hindurch, die mein Vater im Wohnzimmer hört. Pink Floyd: *Dark side of he moon.* Da will der Sänger uns treffen. Ich stelle mir meinen Vater vor, der im Sessel sitzt und auf mich wartet. Wie er sich fragt, ob er besser auf mich aufpassen muss. Am liebsten würde ich gar nicht rein, aber Bastian stürmt los. Jule hinterher. Das Windspiel, das meine Mutter über der Tür befestigt hat, muckt auf und Pink Floyd verstummt. Ich schlurfe als Letzte ins Zimmer und finde meinen Vater nicht im Sessel, sondern auf der Couch neben Bastian. Der hängt im Polster, gebeutelt wie nach einer Achterbahnfahrt. Seine Hose ist nass und um seinen Körper hat sich ein dunkler Fleck ausgebreitet. Eine Sekunde lang denke ich etwas Ekliges und will im Boden versinken. Aber dann fallen mir der Bach und die Tauchaktion wieder ein. Bastian wimmert. Keine Ahnung, was plötzlich los ist.

Jule kniet vor meinem Vater und Bastian, in ihrer Hand die offene Metalldose. Mein Vater begutachtet den Inhalt, stellt Jule Fragen und steckt alles ein. Vielleicht ist das eine Premiere. Vielleicht wird er einen Wutanfall bekommen.

Ja – ganz bestimmt! Gleich werde ich erleben, wie seine Stimme klingt, wenn er schreit, und was seine Hände tun, wenn sie sich nicht hinter seinem Rücken verstecken.

Aber das Donnerwetter kommt nicht.

Es ist schlimmer.

Er ist enttäuscht.

»Geht es dir gut?«, fragt er und sieht mich traurig an.

Ich nicke. Ich schüttele den Kopf.

Gerade setzt er an, mehr zu sagen, da hält Bastian sich die Ohren zu, krümmt sich nach vorne, sperrt die Welt aus. Jule will seine Hand nehmen. Er lässt sie nicht. Ich setze mich auf Bastians andere Seite, so dass mein Bein sein Bein berührt. Er schiebt mich weg. Mein Vater geht in die Küche und dreht am Wasserhahn. Bastian stöhnt, als er das Geräusch hört. Mein Vater kommt mit einem Glas Wasser zurück. Er sieht aus wie jemand, der weiß, was er tut, und ich bin so ängstlich und dankbar und ...

»Trink!«, sagt mein Vater.

Bastian gehorcht, schaut aber an meinem Vater vorbei in Richtung Deckenlampe.

»Schau mich an«, sagt mein Vater.

Bastian reißt die dunklen Augen weit auf.

Mein Vater dimmt das Licht.

»Du musst keine Angst haben. Alles wird wieder normal.«

Die Stimme meines Vaters klingt so warm: Ich will mich in ihr einkuscheln. Er spricht weiter auf Bastian ein, und was er sagt, wird wahr.

»Du bist an einem sicheren Ort.«

Bastians Schultern entspannen sich.

»Es gibt keinen Grund, sich zu fürchten.«

Bastian lässt sich zurück ins Polster sinken und schließt die Augen.

Jule räuspert sich: »Könnte Bastian vielleicht ausnahmsweise hier …?«, stammelt sie. »Nur heute, meine ich?«

Wortlos geht mein Vater hoch, bringt Boxershorts und ein altes T-Shirt von sich runter und legt beides neben Bastian auf die Couch. Jule bleibt noch eine Weile sitzen. Dann geht sie leise Richtung Ausgang und zieht die Tür hinter sich zu.

21

DIE BRÜCKE

Ich liege in der Dunkelheit. Mein Fenster ist weit geöffnet. Draußen bewegt der Wind die Birkenblätter. Schatten flirren und huschen die Decke entlang bis zu meinem durchgebogenen Bücherregal in der Zimmerecke. Die Bücher, die Bastian mir geschenkt hat, stehen vorne. Ein besonders großes hängt zur Hälfte in der Luft. Würde mich nicht wundern, wenn es abstürzt. Auf dem Nachttisch lädt mein Handy. Ich nehme es in die Hand: Jule und ich auf dem Sperrbildschirm, 23:45. Die letzten Stunden stecken mir wie ein Sprint in den Gliedern. Meine Arme und Beine sind schwer. Aber meine Gedanken halten nicht still. Bildfetzen jagen durch meinen Kopf: Sterne, die zu Kugelblitzen werden. Bastians Lächeln. Die Pilze in Bastians Hand und ihre großen Brüder, die in Ringen aus dem Waldboden wachsen. Das schillernd bunte Wasser. Jules Umarmung. Meine Mutter. Ich atme ein. Ich atme aus. Ich schließe die Augen und versuche, meine Gedanken an einen sicheren Ort zu bringen.

Ich bin acht und wir sind in Paris: meine Mutter, mein Vater und ich. Das Gebäude, in dem wir uns befinden, sieht aus wie ein Bahnhof, ist aber ein Museum. Wir schlendern um Skulpturen herum. Ein riesiger Eisbär aus weißem Stein trottet gemütlich an uns vorbei, eingefroren mitten in der Bewegung.

Eigentlich will ich nur auf die andere Seite der Halle, um im Museumsshop eine Postkarte für Jule zu kaufen. Aber meine Mutter bleibt immer wieder stehen und macht sich Notizen. Mein Vater geht neben mir her. Wir biegen von der Haupthalle in einen Gang ab und finden uns in einem weinroten Raum mit Deckengemälden und Kronleuchter wieder. So viele Bilder. Meine Mutter lächelt glücklich. Mein Vater greift nach meiner Hand. Ich ziehe sie weg, weil ich zu alt bin, um noch an der Hand zu laufen. Außerdem bin ich sauer, weil wir genau jetzt am Flussufer sitzen und Törtchen mit Himbeeren und Puderzucker essen könnten. Ich habe sie im Schaufenster der Patisserie gesehen. Ich setze mich im Schneidersitz vor das Porträt eines grimmig aussehenden Typen mit Bart. Ein paar Touristen laufen um mich rum und werfen mir Blicke zu. Ein Mann mit Hut schüttelt den Kopf. Meine Mutter seufzt, aber ihre Mundwinkel zucken. Lachen oder nicht lachen? Sie kann sich nicht entscheiden. Sie greift mir unter die Arme und stellt mich auf die Füße. Dann drückt sie mich an sich.

»Ich zeig dir was!«, flüstert sie mir ins Ohr.

Sie klingt aufgeregt und wir rennen los: Treppe rauf, Treppe runter, links und nochmal links, so dass mein Vater kaum hinterherkommt. In einem Raum bleibt sie abrupt stehen und lacht mich an. Die Bilder hier sind anders. Die Farben explodieren uns von allen Seiten entgegen. Meine Mutter zieht mich zu einem großen quadratischen Bild. Wie durch ein Fenster schauen wir hinaus in einen verwunschenen Garten: Eine zierliche japanische Brücke schwingt sich über einen Seerosenteich. Im Hintergrund Trauerweiden in Grün und Blau, Türkis und Lila.

»Ist das nicht schön?« Sie strahlt.

»Ja«, sage ich und nehme ihre Hand. Danach steigen wir gemeinsam auf die Empore dicht unter dem Bahnhofsdach und bleiben vor einem runden Fenster stehen. Draußen die Seine, die anders ist als der Rhein: verspielter mit ihren gusseisernen Laternen an der Promenade und den Fähren mit winkenden Touristen. Auf der anderen Flussseite habe ich ein Riesenrad entdeckt. Da will ich hin!

Nachdem ich im Museumsshop zwei Postkarten mit Monets Bild gekauft habe, laufen wir am Fluss entlang bis zu einer Brücke. Eine Statue bewacht den Weg. Hier dürfen nur glückliche Menschen drüber. Aber wir sind glücklich. In der Mitte der Brücke bleiben wir stehen. Am Metallgeländer sind Reihen von Schlössern befestigt. In Grün und Rot und Blau, in Silber und Gold. Auf manchen haben die Leute ihre Namen eingravieren lassen. Wie viele Schlüssel liegen wohl auf dem Grund des Flusses? Für immer ist ja ziemlich lang. Ob manche ihren Schlüssel heimlich behalten und im Ernstfall nochmal herkommen, um ihr Schloss zu entfernen?

»Können wir auch ein Schloss aufhängen?«, frage ich meinen Vater, der seinen Arm um Mama gelegt hat. Meine Eltern lächeln und nicken.

Ich kann die Augen nicht länger geschlossen halten. Sobald ich aufhöre, meine Lider zusammenzupressen, springen sie wieder auf. 02:07 und immer noch werfen die Birkenblätter Schatten an meine Zimmerdecke. Ich setze mich auf die Bettkante und wackele mit den Zehen. Ob Bastian unten auf der Couch wohl schlafen kann?

In der Schreibtischschublade finde ich das Metallschloss, das mein Vater und ich tatsächlich in einem Pariser Lädchen gekauft haben. Angeschlossen haben wir es dann nie. Das Schloss sieht billig aus, aber als ich es in die Hand nehme, fühlt es sich schwer und angenehm kühl an. Ich stecke es in die Tasche meiner Pyjama-Shorts und schlappe am Zimmer meines schlafenden Vaters vorbei in Richtung Treppe.

22

PARALLELUNIVERSUM

Ich bin die Treppe schon zur Hälfte heruntergestiegen. Aber Bastian hat mich noch nicht bemerkt. Er steht mit dem Rücken zu mir am Fenster. Die Vorhänge hat er zur Seite geschoben. Eine Stufe knarrt unter meinen Füßen und Bastian dreht sich um. Durch das Fenster fällt gerade so viel Licht ein, dass ich sein schönes Gesicht erkennen kann. Aber den Ausdruck seiner Augen kann ich nicht deuten.

Ich mache drei Schritte auf ihn zu.

»Kannst du auch nicht schlafen?«, frage ich.

Er nickt.

Die Blätter der Bäume in unserem Urwaldgarten rascheln. Eine Sommergrille zirpt. Kurz befürchte ich, dass die quietschende Gartentür Jule aufwecken könnte und sie ans Fenster kommt. Obwohl wir eigentlich nichts Verbotenes tun. Kennt man doch: harmloser Spaziergang im Schlafanzug. Wir laufen nebeneinander die Straße hinunter. Nur ein Stück, bis zur Ecke vielleicht. Kein Mensch ist unterwegs. Wenn es Tag wäre, würde ich unsere Schritte zählen. Wenn es Tag wäre, hätte ich einen Plan. Bastian zögert keinen Moment, in die nächste Straße einzubiegen. Wir lassen unsere Blicke schweifen, bis sie manchmal beim anderen ankommen. Zwei Straßen sind wir schon abgelaufen. Wir schweigen. Wir lächeln. Anders als im

Planetarium vor ein paar Stunden ist es nicht anstrengend, in den Himmel zu schauen. Die Sterne tanzen nicht mehr wie wild gewordene Irrlichter, sondern hängen geheimnisvoll an ihrem Platz.

Bastian legt seinen Kopf so weit wie möglich in den Nacken.

»Glaubst du, es gibt da draußen andere Welten?«

Ich denke ein paar Schritte lang über seine Frage nach.

»Kann sein.«

Meine Hand gleitet im Vorbeigehen über eine Gartenmauer, die Wärme abstrahlt.

»Muss sogar so sein, wenn das Weltall unendlich groß ist.« Bastian hüpft im Laufen vom Bürgersteig auf die Straße und von der Straße wieder auf den Bürgersteig. Wenn er neben mir geht, muss ich zu ihm aufschauen. Wenn er auf der Straße geht, sind unsere Augen auf gleicher Höhe. Bei seinem nächsten Sprung rempelt er mich von der Seite an. Aber ganz sanft.

»In einer leben vielleicht nur diese abgefahrenen Tiefseefische mit den kleinen Laternen auf dem Kopf«, sagt er. Ich kichere. Wenn es Tag wäre, würde ich Abstand halten.

»Und Schildkröten?«

»Und Schildkröten! Und in einer, Alice, ist alles genau wie hier. Sogar alle Personen sind gleich.«

Beim Laufen müssen wir nicht nachdenken. Beim Laufen kommen die Worte von selbst.

»Wie in einem Paralleluniversum«, sage ich.

Bastian nickt begeistert und hüpft wieder auf die Straße.

»Ja, aber es gibt trotzdem Unterschiede, weil wir nicht immer die gleichen Entscheidungen treffen.«

Wir schweigen. Bestimmt gibt es keine einzige Welt, in der meine Mutter noch bei uns wohnt. In der sie sich nicht gegen uns entschieden hätte. Abrupt hält Bastian auf dem Bürgersteig inne. Er wartet, bis ich ihn ansehe.

»Sorry, dass ich vorhin so ausgetickt bin.«

Weil es Nacht ist, muss ich nicht antworten. Ich finde auch gar nicht, dass er sich entschuldigen muss.

»Ich wusste nicht mehr, wer ich bin.«

»Und weißt du's jetzt wieder?«

Er lacht. Wir sind an der großen Kreuzung angekommen. Hinter uns liegt die Siedlung. Vor uns geht es weiter in Richtung Stadt. Die Ampel zeigt um diese Uhrzeit kein grünes oder rotes Ampelmännchen mehr an, sondern blinkt orange: Achtung, Achtung. Wir müssen selbst entscheiden, ob wir weitergehen. Ob es wohl eine Welt gibt, in der Jule nicht meine Freundin ist? Bastian steht dicht neben mir. Mit einem Umweg über seine breiten Schultern, seinen Hals und die Linie seines Profils landet mein Blick wieder im Himmel. So eine Welt ohne Jule kann ich mir nicht vorstellen. Aber eine, in der Jule vielleicht an diesem einen Sommerabend nicht raus durfte und ich alleine in die Strandbar eingebrochen bin – das geht. Eine Welt, in der ich Bastian dort alleine kennenlerne, in der Bastian und ich uns im Aquarium an den Händen halten und Jule nach draußen rennt. Oder uns sogar viel Glück wünscht. Bastian sieht mich an. Er nimmt meine Hand. Wir überqueren die Straße. Bastians Hand in meiner ist kein Versprechen, sage ich mir, nur eine Möglichkeit. Zum ersten Mal kommt es mir so vor, als wären wir absolut ehrlich miteinander. Vielleicht müsste ich nur fragen. Vielleicht würde er jetzt antworten. Richtig antworten, meine ich. Aber gerade will ich nichts mehr fragen. Ich will nur mit Bastian weiterlaufen, geradeaus oder rechts oder links, ganz egal.

Wir sind an der Fußgängerbrücke angekommen, die über die Schnellstraße führt und die dunklen Vororte auf unserer Seite mit den Lichtern der Innenstadt auf der anderen Seite verbindet. Im Rund des Aufgangs hat das Stadtjugendwerk einen kleinen Skaterpark errichtet. Mein Vater hat auch mitgeholfen. Ein paar Rampen, über die tagsüber Typen mit Skateboards flitzen, manchmal auch Kinder mit Laufrädern. Und eine Halfpipe. Die Betonmauer, die dafür sorgt, dass keiner auf die Schnellstraße gerät, ist mit Bildern und Tags bemalt. Ins Geländer rundum sind LED-Leuchtstreifen eingelassen. Als jemand die Lichter besprüht hat, war mein Vater richtig sauer. Tagsüber sieht das aus, als hätte irgendein Dreijähriger, der nicht innerhalb der Linien malen kann, sich ausgetobt. Aber jetzt, in der Nacht schimmern die LEDs grün und rot, blau und lila: so schön.

Wir setzen uns auf die Halfpipe und lassen die Beine baumeln. Im Sitzen drückt das Schloss aus dem Pariser Lädchen gegen meinen Oberschenkel. Ich rutsche rum, kann nicht stillsitzen und nehme das Schloss raus. Schwer liegt es in meiner Hand. Bastian sieht es aufmerksam an.

»Kein Schlüssel?«

Ich schüttele den Kopf. Überlege kurz, es wieder wegzupacken. Aber ich will, dass Bastian meine Geschichte kennt. Ich will sie ihm erzählen. Klar weiß Jule Bescheid. Aber Jule war eben dabei. Und manchmal auch nicht. Richtig über alles gesprochen haben wir nie.

Ich beginne mit Paris, dem Museum, dem Urlaub. Das geht gut, vor allem, weil ich das Schloss habe, auf das ich mich konzentrieren kann, während es von meiner einen in meine andere Hand gleitet. Ich erzähle von dem Nachtschattengewächs, das meine Mutter war, das meine Mutter ist. Das Schloss wandert in Bastians Hand. Jetzt geht es nicht mehr so gut. Es ist so schwierig, zu erklären, wie das ist, wenn es keine Gute-Nacht-Geschichten mehr gibt, nur Schweigen. Wenn nur noch Tütensuppe oder Ravioli aus der Dose gekocht werden. Wenn jemand nicht mehr da ist, obwohl er gleichzeitig viel zu viel da ist. Hinter einer Tür, die man nicht aufmachen darf.

Bastian unterbricht mich nicht. Er sieht mich an und hört zu. Einfach so.

»Und dann ist sie weggegangen. Sie hat uns verlassen«, sage ich am Ende, »aber gestern im Wald habe ich sie gesehen. Natürlich war sie nicht wirklich da. Aber sie war wie früher. Glücklich und gesund.«

Bastian legt das Schloss rechts neben sich auf die Halfpipe.

»Willst du, dass sie zurückkommt?«

Ich zucke mit den Schultern.

»Ich weiß ja nicht mal, wie es ihr geht. Nur dass sie nicht mehr in der Klinik ist. Aber wenn sie hier sein wollte, wäre sie's, oder?«

Bastian nickt. »Ich war noch klein, als mein Vater abgehauen ist.«

Ich lege meine Hand auf seine.

»Hat ihn überhaupt nicht interessiert, was wir machen ohne ihn. Ob wir zurechtkommen und so.« Bastian drückt meine Hand. »Als ich letztes Jahr krank wurde, hat meine Mutter meinem Vater geschrieben.«

»Und?«

»Nichts und. Er hat sich nicht gemeldet.«

»Vielleicht hat die Adresse nicht gestimmt?«

Bastian verzieht das Gesicht.

»Glaubst du doch selbst nicht.«

Jetzt nicke ich.

Bastian lächelt ein trauriges Lächeln. Ich wusste nicht, dass ein trauriges Lächeln so schön sein kann. Ich wusste nicht, dass es solche Momente gibt.

»Hast du Angst?«, frage ich.

»Manchmal.«

Er legt einen Arm um mich. Durch mein dünnes Shirt fühle ich seinen warmen Oberkörper. Ich lege meinen Kopf auf seine Schulter und halte ganz still. Bastians Hand streichelt mein Haar. Bastian riecht nach Meer, nach Schatzsuche, nach Lagerfeuer. Ich drücke meine Nase in die Kuhle zwischen seinem Hals und seiner Schulter. Meine Lippen ruhen auf seiner warmen Haut. Aber ganz plötzlich steigt mir eine Ahnung von Grapefruit-Duschgel in die Nase. Zusammen mit einer Erinnerung an etwas, das nie passiert ist. Jules Gesicht, wie es aussehen würde, wenn. Es ist kein schönes Gesicht, sondern an allen Stellen, die zählen, verzogen und verkniffen. Jules grüne Augen, die trauriger aussehen, als ich sie je gesehen habe. Ich rutsche ein Stück weg.

Bastians Blick ist voller Fragezeichen.

»Alles okay?«

»Klar, wieso?«, frage ich zurück, aber jetzt ist das mit der Ehrlichkeit zwischen uns vorbei. Jetzt lüge ich wieder.

Bastian legt das Schloss in die neu entstandene Lücke zwischen uns. Ich gebe dem Ding einen Schubs. Im schiefen Winkel schlittert es die Halfpipe runter, fliegt über den Rand und bleibt im Unkraut des Skaterparks liegen. Bastian versucht ein Lächeln, aber seine Mundwinkel machen nicht richtig mit.

»Vielleicht brauchst du das nochmal?«

Er lässt meine Hand los und rutscht dem Schloss hinterher die Halfpipe runter. Es ist nicht schwer zu finden. Lächelnd drückt er es mir in die Hand.

23

DIE KARTE

Das Sonnenlicht hat sich schon fast bis zum Sofa vorgetastet. Bastian schläft mit angezogenen Beinen auf der Couch. Eingewickelt in die dünne Decke, die sonst oben im Schrank liegt. Die Boxershorts und das T-Shirt meines Vaters neben sich. Das Hemd, das er am Abend anhatte und seine Shorts aber auch. Er sieht zerknittert aus. Ich will ihm die Sorgen aus dem Gesicht streichen. Aber ich weiß, dass Bastian keiner ist, den man glattbügeln oder gesund pflegen kann. Und dass das eigentlich Jules Vorrecht ist. Also streiche ich nur mit den Fingern über die Decke, unter der er ruhig ein- und ausatmet. Mein Blick fällt auf das Freundschaftsband von Jule an meinem Handgelenk. Wo die Decke aufhört und Bastians Haut anfängt, ist die Grenze.

Im Windfang unter dem Briefschlitz liegt eine Menge Post. Mein Vater räumt sie nie weg. Nicht mal, wenn er mit einem großen Schritt darübersteigen muss, um das Haus zu verlassen. Die blaue Ecke einer Postkarte fällt mir ins Auge. Ich ziehe sie zwischen in Plastikfolie eingeschweißten Supermarktprospekten und grauen Rechnungsumschlägen hervor. Stoße mir dabei den Kopf am Windspiel meiner Mutter. Hinter meiner Stirn pocht ein dumpfer Schmerz. Ich fühle mich von den grellen Farben der Karte überrumpelt. Die Vorderseite zeigt die Ruine einer alten Stadt wie die Überreste eines verlassenen

Bienenstocks. Grüne, blaue und lilafarbene Pflanzen schieben sich von unten ins Bild, um die Mauern wieder in Besitz zu nehmen. In einem Nachthimmel verbreitet ein Vollmond Dämmerlicht. Ich drehe die Karte um. In der linken oberen Ecke steht klein gedruckt der Name des Malers: Max Ernst. Darunter handschriftlich eine Adresse, die ich noch nie gesehen habe. Und eine kurze Notiz: *Komm mich besuchen*. Sonst nichts. Einzelne Buchstaben (das K, das b, das c) schaffen es nicht, sich gerade zu halten. Sie neigen sich zu weit nach rechts, als wollten sie sich bei den anderen anlehnen. Ich kenne die Schrift. Meine Fingerspitzen fühlen sich heiß an. Am liebsten würde ich die Karte einfach fallen lassen. Die Zeit zurückdrehen. Sie gar nicht erst finden.

In der Küche werfe ich ein Aspirin in ein Wasserglas und sehe dabei zu, wie es faucht und sich gegen das Wasser wehrt, das von allen Seiten gleichzeitig an ihm frisst. Wie es trotzdem immer kleiner wird, bis es an die Oberfläche schwimmt, zerbricht und als Minispeedboot von einer Wand des Glases zur anderen zischt. *Rumms* öffne ich die Küchenschublade, krame nach einem Löffel. *Pling* schlägt der Löffel beim Umrühren gegen das Glas. Ein bisschen Sprühnebel ist auf der Vorderseite der Karte gelandet. Ich rühre und rühre, bis das Wasser wieder klar wird. Die Karte schiebe ich an den äußersten Rand der Arbeitsfläche. Vielleicht fällt sie ja von alleine in den Mülleimer, der danebensteht. Sauer bizzelt die Flüssigkeit in meinem Mund. Ein kleiner Wind fegt durchs Zimmer. Die Karte hält sich stur auf der Kante, aber dafür knallt die Tür zu.

Als ich ins Wohnzimmer komme, schläft Bastian noch immer. Keine Ahnung, wie das geht. Er hat sich auf den Rücken gedreht. Die Decke ist ein Stück runtergerutscht, so dass ich seine Arme und seinen Oberkörper sehen kann. Ich mache einen Schritt auf ihn zu und strecke die Hand nach seiner nackten Schulter aus, um ihn zu wecken. Dabei trete ich auf seinen Geldbeutel, der es sich zusammen mit seinem Handy auf dem Boden gemütlich gemacht hat. Bestimmt sind ihm die Sachen beim Ausziehen aus der Tasche gefallen. Ich lege die Karte meiner Mutter auf dem Tisch ab, hebe Geldbeutel und Handy auf. Der Sperrbildschirm leuchtet auf. Es ist schon zehn. Schule können wir knicken. Akku fast leer und zwei verpasste Anrufe von Jule. Ich öffne den Geldbeutel: Bankkarte, Perso. Aus dem Geldfach schaut ein Zettel raus: Ihr nächster Termin – Mittwoch, 6. Juli. Bitte mitbringen: Gesundheitskarte. Unten der Stempel einer Praxis: Dr. Jana Fischer, Psychotherapeutin. Unschlüssig lege ich den Geldbeutel neben das Handy auf den Wohnzimmertisch. Ich habe genug vom Rätselraten. Hat Bastian den Termin vereinbart, weil er mit seinem Rückfall und der Krebsdiagnose nicht klarkommt? Oder schickt seine Mutter ihn hin, weil sie ihn nicht dazu zwingen kann, sich auf den OP-Tisch zu legen? Hofft sie, dass die Therapeutin Bastian überzeugt? Oder geht es um etwas ganz anderes? Um seinen Hund und seinen Vater vielleicht?

Bastians Lider zucken, aber richtig wach ist er immer noch nicht. Vielleicht gehe ich erst mal duschen.

Ich bin schon längst eingeseift und abgeduscht und wieder eingeseift und wieder abgeduscht. Trotzdem verstecke ich mich weiter unter dem warmen Wasser, das mir über den Rücken und übers Gesicht läuft. Sollen die Erinnerungen doch gemeinsam mit den Seifenresten im Abfluss verschwinden und dort verrotten. Der letzte Blick, den meine Mutter mir zuwirft, bevor mein Vater mit ihr wegfährt. Bastians Nicken, als ich ihm alles erzähle. Das Gefühl seiner Hand in meiner. Ich male Muster auf die beschlagene Scheibe. In genau diesem Moment geht die Tür auf und Bastian steht plötzlich nur in Boxershorts im Bad. In der Hand hält er die Postkarte meiner Mutter. Ich weiß nicht genau, wie viel von mir er durch die beschlagene Scheibe sieht. Auf jeden Fall schaut er zu lange hin.

»Spinnst du«, rufe ich, »ich dusche!«

Ich kann mir nicht mal ein Handtuch schnappen, weil ich dazu die Glastür öffnen müsste. Bastian macht zwei Schritte rückwärts und schließt die Tür wieder.

24

FRÜHSTÜCK

Ich ziehe einen meiner schwarzen Slips an und streife meinen schwarzen BH über. Dabei muss ich an Jules Unterwäsche denken, die immer verziert oder bestickt ist, so dass man die Abdrücke durch jedes enge T-Shirt sieht. Ich lege mir Worte für Bastian zurecht. *Falls du da gestern was falsch verstanden hast.* Die Shorts bedecken meine Oberschenkel nur ungefähr eine Handbreit. Zuletzt suche ich das Feuervogelshirt im Schrank. *Danke, dass du mir zugehört hast.* Alles liegt durcheinander. Die Einzige, die die Wäsche bei uns gefaltet hat, war meine Mutter. *Aber das kann sich nicht wiederholen.* Vielleicht ist Bastian inzwischen einfach abgehauen. Dann müsste ich gar nicht mit ihm reden. Ich kämme meine kurzen schwarzen Haare. Nass klebt Jules Freundschaftsarmband an meinem Handgelenk.

Als ich das Handy vom Ladekabel trenne, sehe ich, dass mein Vater geschrieben hat: *Wir reden heute Abend über alles. Wir kriegen das hin.* Darunter ein Peace-Zeichen. Das Peace-Zeichen ist das einzige Emoji, das mein Vater benutzt. Wenn die Nachricht von Jules Eltern wäre, würde sie anders aussehen. Jules Eltern sind auch nicht die Art von Ärzten, die schnell mal eine Entschuldigung schreiben. Sogar mit Mittelohrentzündung musste Jule zur Mathearbeit. Da hat sie dann mit rotem Kopf und vollgepumpt mit Antibiotikum Funktionen runtergerechnet. Vergleichsweise ist also alles super, oder? Warum regt mich diese Nachricht dann so auf?

Bastian ist nicht abgehauen. Im Gegenteil. Als ich runterkomme, sitzt er am Küchentisch. Vor ihm Teller, Tassen, Messer, Schneidebrettchen. Im Schrank hat er Schwarzbrot und Marmelade gefunden. Daneben stehen Essiggurken, H-Milch und ein Glas mit kristallisiertem Honig. Ich wusste nicht mal, dass wir Honig haben. Auch ein paar Lakritzschnecken aus Jules Vorrat hat er auf den Tisch gelegt. Aus den Tassen dampft Instant-Kaffee. Und ein paar Gänseblümchen hat er im Garten gepflückt und sie in ein Schnapsglas auf die Tischmitte gestellt.

»Hab Frühstück gemacht«, sagt er fröhlich.

Sein Blick wandert an mir hoch. Kurz denke ich, dass er meine Brüste anstarrt, aber dann merke ich, dass sein Blick nur auf dem Feuervogel ruht. Als er mir schließlich in die Augen schaut, strahlt er. Dabei sieht er kein bisschen verlegen aus. Es ist, als könnte er sich nicht mal an das erinnern, was gerade passiert ist. Wenn es einen richtigen Moment zum Reden gibt, verpasse ich ihn. Aber ich weiß nicht, wann das letzte Mal jemand Frühstück für mich gemacht hat. Ich setze mich hin. Mit einem Ploppen öffnet er nacheinander alle Gläser und bietet sie mir an. Wenn mein Mund leer wird, muss ich etwas sagen. Also esse ich drei Scheiben Schwarzbrot mit Marmelade, Honigpampe und Essiggurken. Die Lakritzschnecken lasse ich liegen.

»Ist die von deiner Mutter?«

Bastian zeigt auf die Karte, die auf dem Tisch liegt. Er kippt ein Kilo Zucker in seinen Kaffee.

Ich zucke mit den Schultern, nicke.

»Ein Jahr lang meldet sie sich nicht und dann schickt sie mir plötzlich eine Karte und erwartet, dass ich antanze?«

Er weicht meinem Blick aus. »Vielleicht tut es ihr ja leid. Menschen tun seltsame Dinge, wenn sie nicht klarkommen.«

»Naja«, sage ich, »geschrieben hat sie das aber nicht.«

Ich komme mir plötzlich ziemlich blöd vor. Mein Kopf schmerzt noch immer und mir ist ein bisschen schlecht von den Gurken. Überhaupt ist das alles lächerlich, wir zwei. Wir drei. Und was weiß Bastian schon über meine Mutter?

»Wir gehen da jetzt hin«, sagt er.

Fast bin ich darüber erschrocken, wie entschlossen er klingt.

»Du willst mitkommen?«, frage ich.

Anstelle einer Antwort legt er seine Hand auf meine. Nur dieses eine Mal noch, wirklich, und nur weil ich einfach nicht alleine da hinkann, ziehe ich meine nicht weg. Da lächelt Bastian wieder dieses Lächeln, das ich am ganzen Körper spüren kann. Und ohne nachzudenken, lächele ich zurück.

25

ALTRHEIN

Wir sind unterwegs an den Altrhein. Zu der Adresse auf der Postkarte. Der Altrhein ist ein Stück Fluss, das seine beste Zeit hinter sich hat. Ein Stück Fluss, das stillsteht. An den Rändern des Gewässers glibbern Algen. Darunter wuseln Mückenlarven und Kaulquappen. Einmal muss ich einen Bogen um einen winzigen Frosch fahren, der mitten auf dem Feldweg sitzt. Bastian hält an. Erst jetzt stoppe ich auch. Er kniet sich hin und öffnet die Hände. Wartet, bis der Frosch zu ihm springt und setzt ihn vorsichtig im Gras am Wegrand ab.

Am Ufer steht eine Reihe terrassenförmig angelegter Apartmenthäuser. Sie sehen aus wie eine Kreuzung aus Plattenbau und Sechziger-Jahre-Hotel und ein bisschen wie der verlassene Tempel auf der Postkarte. Nur dass die Sonne anstelle des Monds am Himmel steht und schwül auf die maroden Balkone und die rissige Fassade knallt. Hier gibt es nicht mal eine Bushaltestelle. Keine Ahnung, wie man es hier aushält. Im Sommer fressen einen die Stechmücken, im Winter die Gedanken.

Bastian wirft mir einen zweifelnden Blick zu. Ob ich mir sicher bin? Natürlich bin ich mir nicht sicher. Ich war ja auch noch nie hier. Aber.

Wir schließen die Räder an einen rostigen Ständer an. Von einem Baum, der vor dem Haus steht, baumelt eine Schaukel. Das rote Plastik ist verblichen und verwittert.

Eine Reihe von Schildern sagt uns, wer wo wohnt, sonst aber nichts: Müller, Meyer mit Ypsilon, Ezgül, Sabrowsky. Immer wieder unbeschriftete Schilder dazwischen. Mein eigener Nachname fällt mir ins Auge. Sie hätte mich mitnehmen können. In Bezug auf das Schild hätte es keinen Unterschied gemacht. Bastian klingelt. Ein paar Sekunden vergehen. Nichts. Er klingelt nochmal. Und nochmal, obwohl ich eigentlich schon wieder gehen will. Da werden wir reingebuzzt. Das Treppenhaus ist rot und blau gefleckt vom Licht, das durch Glasbausteine einfällt. Wir steigen die Stufen hoch. Auf dem ersten Treppenabsatz hat jemand zwei Kleiderstapel abgelegt. Darüber ein Zettel an der Wand: »Nimm mich mit.«

Wir gehen eine weitere Treppe hoch und blicken einen Gang hinunter. Keine Fußmatten vor den Türen, keine Tür, die sich öffnet. Nacheinander checken wir die Wohnungen, bis wir wieder vor einem Schild mit meinem Nachnamen stehen. Die Luft riecht feucht. Bastian blickt sich unruhig um, als könnten wir jederzeit aus dem Gebäude gespült werden. Diesmal öffnet sich die Tür sofort.

Im Türrahmen steht eine Gestalt wie aus einer anderen Welt: Erstkontakt mit einer fremden Spezies. Ihr Körper schillert metallblau. Silberne Fischschuppen winden sich in Bändern von den Fußgelenken bis zum Nacken hinauf. Ein Bikini, der ebenfalls bemalt ist, bedeckt das Nötigste. Die dunklen Locken, die sich normalerweise in alle Richtungen ringeln, sind jetzt kinnlang und mit Gel zurückgekämmt, sodass sie eng am Kopf anliegen: meine Mutter?! Sie war schon immer zierlich. Aber seit ich sie zuletzt gesehen habe, hat sie weiter abgenommen. Ich überrage sie um einen Kopf. Irgendwie bin ich weitergewachsen, während bei ihr die Zeit stehengeblieben ist.

»Alice!« Ihre braunen Augen sehen traurig aus, aber sie lächelt. »Wie schön.«

Ich warte auf die große Wiedersehensfreude, fühle mich aber nur irgendwie fehl am Platz.

»Mama!« Mehr kriege ich nicht raus.

Bastian betrachtet seine Füße. Eine Frau erscheint hinter meiner Mutter in der Tür. Mit einer Hand hält sie eine Kamera mit riesigem Objektiv, die andere streckt sie mir zur Begrüßung entgegen. Auf ihrer Nase ist ein Farbfleck, aber sonst ist sie nicht angemalt. Sie trägt nicht mal Schminke.

»Ich bin Lou.«

Ich schüttele Lous Hand. Sie kommt mir weniger fremd vor als meine Mutter. Lou bittet uns herein und wir gleiten in die Wohnung wie zwei Schatten.

Lou nickt entschuldigend in Richtung der Farbtöpfe, die überall rumstehen: »Bisschen chaotisch hier.«

Meine Mutter lacht verlegen. Räucherstäbchen glimmen.

Es gibt nur wenige Möbel: eine grüne Couch, zwei kleine ovale Tische, ein aus Weinkisten zusammengezimmertes Regal. Im Regal steht ein Plattenspieler. Ella Fitzgerald singt *It's only a paper moon*. Vinyl knistert. Mitten im Wohnzimmer befindet sich eine große Leinwand.

Meine Mutter steht jetzt direkt davor. Ihr bemalter Körper ergänzt das Bild, als wäre er ein Teil davon. Muster und Farben vor und auf der Leinwand sind fast gleich. Vielleicht war das schon immer ihr Plan: Sich in einem ihrer Bilder zu verstecken oder ganz darin zu verschwinden. Am anderen Ende des Raums steht ein Stativ für Lous Kamera. Eine Glasfront gibt den Blick auf einen kleinen Balkon und den Altrhein frei. Von hier oben sieht er schön aus. Wir gehen weiter in die Küche.

»Ich bin übrigens Bastian«, sagt Bastian.

Anscheinend habe ich vergessen, ihn vorzustellen.

»Mein Freund«, sage ich und merke im selben Moment, wie missverständlich das ist.

Wir setzen uns auf die Eckbank. Bastian und ich auf die eine, Lou und meine Mutter auf die andere Seite des Tischs. Ich betrachte die Wand, wo Schwarz-Weiß-Fotos in verschiedenen Rahmen kleine Gruppen bilden. Sehe Lou und Mama. Bäume. Den Fluss. Ein Containerschiff. Ich suche nach einem Foto von mir und finde keins.

»Da bist du also«, sagt meine Mutter.

»Da bin ich.«

Wir schweigen.

»Wollt ihr was essen?«, fragt Lou. »Wir haben Linsensalat.«

Meine Mutter rutscht auf ihrem Stuhl rum.

Ich nicke, obwohl ich keinen Hunger habe.

Bastian zuckt mit den Schultern.

Lou öffnet den Kühlschrank und füllt Salat in bunte Schalen. Granatapfelkerne und Sellerie knacken in meinem Mund.

Auf dem Tisch steht ein Pillendöschen mit Fächern für alle Wochentage, morgens, mittags, abends. Pillen, die rosarot sind wie Granatapfelkerne, blassgrün wie Sellerie, braun wie Linsen.

»Wie geht es deinem Vater?«

Ich huste. Der Linsensalat hat sich Zugang zu meiner Luftröhre verschafft, um mich zu ersticken.

»Geht so.«

Was soll ich auch sagen? Scheiße, seitdem du weg bist?

Bastian legt mir unter dem Tisch eine Hand aufs Knie.

Auf dem Tisch hat der Rand eines Rotweinglases Ringe ins Holz gefärbt. Zwei Sichelmonde auf Kuschelkurs.

»Aber dir geht es dafür ja prima«, sage ich pampig.

Ich weiß nicht, was ich erwartet habe. Dass sie immer noch in ihrem Zimmer liegt, die Vorhänge zugezogen? Dass sie mit gepackten Koffern auf mich wartet?

Meine Mutter sieht mich nicht an.

»Weshalb kommst du nicht heim?«, frage ich.

Lou legt einen Arm um meine Mutter. Ihr Blick warnt mich, es gut sein zu lassen. Aus dem Wohnzimmer höre ich das Kratzen der Jazz-Platte im Leerlauf. Vom süßlichen Geruch der Räucherstäbchen wird mir übel. Einen Moment lang wünsche ich mir, dass etwas Feuer fasst und die ganze Bude abbrennt. Meine Mutter legt ihre silberne Fischhand auf meinen Arm. Das Holz des Tischs ist wärmer als diese Hand. Ich ziehe meine weg.

»Bin ich dir zu stressig oder was?«

Sie runzelt die Stirn.

»Du bist doch schon groß. Du kommst besser ohne mich klar.«

Es ist, als ob ein kleiner Teil von mir erfriert.

»Du musst es ja wissen.«

Der Blick meiner Mutter knickt weg, aber ich mache weiter: »Kannst du dich nicht mehr an unsere Schiffe erinnern? An den Rhein oder den Kinderfasching, bei dem du den Ententanz mit mir getanzt hast? Es kann doch nicht sein, dass solche Momente nichts mehr wert sind.«

Im Gesicht meiner Mutter entgleist etwas.

»Oder dass sie so wenig wert sind, dass du uns alle Momente, die noch kommen könnten, wegnimmst? Du bist doch meine Mutter. Ich bin dein Kind. Du kannst nicht einfach gehen.«

Sie steht auf. Dabei zittert sie ein bisschen, als wäre das eine riesige Kraftanstrengung. Falls das ein Kampf ist, gewinne ich.

»Ich kann nur nicht mehr bei euch wohnen, Alice. Hier bin ich besser aufgehoben. Wenn es mir wieder schlecht geht, kümmert sich Lou um mich.«

Die beiden tauschen einen Blick aus. Meine Mutter ängstlich, Lou lächelnd. Ich pfeffere das Familienschloss auf den Tisch, das wir nie an eine Brücke angeschlossen haben. Sie muss es erkennen und erklären, warum sie ihr Versprechen gebrochen hat. Sie muss.

Aber sie tut es nicht. Sie haut einfach ab! Steht auf und verlässt den Raum. Kommt nicht in Frage, dass ich aufspringe und ihr nachlaufe. Dass ich an die Tür klopfe, hinter der sie verschwunden ist. Wie damals. Das kann Lou übernehmen, wenn sie will. Bastian schiebt verlegen Linsen von der einen Seite seiner Schale zur anderen.

»Siehst du?« Meine Stimme klingt belegt, aber ich fange jetzt bestimmt nicht an, zu heulen. »War eine blöde Idee, herzukommen.«

Das Schloss lasse ich auf dem Tisch liegen. Bastian legt mir einen Arm um die Schulter. Gemeinsam verlassen wir die Wohnung.

Auf dem Treppenabsatz bleiben wir stehen.

»Danke.« Ich sehe ihn an.

Die Glasbausteine malen rote und blaue Tupfen auf unsere Gesichter.

»Kein Problem.« Er umarmt mich. Kann sein, nur zum Beistand. »Du …« Er schaut mich mit seinen dunklen Augen an. Sein Blick kitzelt wie Sonnenstrahlen auf der Haut. »Ich will, dass du weißt, dass du nicht allein bist. Wenn du jemanden zum Reden brauchst, bin ich da.«

Am liebsten würde ich ihn bitten, wieder mit zurück zu mir nach Hause zu kommen. Ihn bitten, bei mir zu bleiben. Ich lehne meinen Kopf an seine Brust. Seine Lippen berühren meine Stirn. Ganz zart. Da vibriert mein Handy. Ich mache mich los.

Wo seid ihr?

Jule. Fluchtartig gehe ich zwei Schritte rückwärts und stolpere über einen Kleiderstapel.

»Ich brauche ein bisschen Zeit für mich«, sage ich.

Vielleicht ist es noch nicht zu spät. Vielleicht kann ich Jule erzählen, was zwischen mir und Bastian passiert ist, und alles wird wieder gut.

Bastian zuckt mit den Schultern. Er sieht enttäuscht aus.

»Hab sowieso einen Arzttermin.«

Auf der Treppe nehme ich immer zwei Stufen auf einmal. Ich drehe mich erst nochmal zu Bastian um, als ich an der Tür bin. Aber Bastian steht in sich versunken auf den Treppenabsatz und mustert den Kleiderstapel. Dann nimmt er sich den nächstbesten Schal und legt ihn sich um den Hals.

26

MÜLL

Als ich heimkomme, sitzt Jule vor unserer Haustür. Rechts neben dem Eingang, unter dem Fenster, liegt eine Rolle dicker schwarzer Müllsäcke, in die mein Vater den Gartenmüll packt. Das heißt, manchmal. Das heißt, früher. Inzwischen kitzeln die Gräser mir die Kniekehlen, der Efeu hat die Blumenbeete überwuchert und der Kirschbaum schlägt wild in alle Richtungen aus. Bastians hässliches Bild mit den zwei Frauen lehnt immer noch an unserer Hauswand.

»Wartest du schon lange?«, frage ich.

»Geht so.«

Ich setze mich neben Jule auf die Treppe, obwohl wir auch reingehen könnten. Aber drinnen wartet die Couch mit der zerknitterten Decke von Bastian.

»Danke für deine Hilfe gestern.« Ich rücke ganz nah an sie ran.

»Das im Wald«, ihre Stimme klingt belegt und sie spielt mit dem Schutzengelkettchen um ihren Hals, »das war krass.«

»Ich weiß. Tut mir echt leid.«

Ich meine es ehrlich. Aber Jule sieht mich nicht an, wie jemanden, der sich gerade entschuldigt hat.

»Sonst nichts?«, zischt sie.

Ich weiß nicht, worauf sie hinauswill. Ihre blauen Augen funkeln wütend.

»Ich weiß alles, Alice.«

»Wie alles?«

Meine Kopfhaut kribbelt. Hat sie doch etwas von meinem Spaziergang mit Bastian mitbekommen?

»Na, dass du das Zeug besorgt hast. Dass du es Bastian angeboten hast, als ich auf der Toilette war. Dass er eigentlich gar nicht wollte.«

Ich glotze Jule an. Lache fast, so erleichtert bin ich und gleichzeitig beginnt irgendwo in mir die Wut und breitet sich rasend schnell in alle Körperteile aus. Mein Körper wird zur Wutmaschine.

»Mann, Jule, es war genau umgekehrt.«

Sie sieht mich zweifelnd an.

»Überleg doch mal«, sage ich, »Wer hatte die Dose? Bastian oder ich?«

Sie zuckt mit den Schultern. Ich will nicht schlecht über Bastian reden. Aber so kann ich das nicht stehenlassen.

»Er lügt«, mache ich weiter. »Spätestens, seitdem wir bei ihm waren, weißt du das. Der Umzug, der Vater, der Hund. Den hat er schon ewig nicht mehr. Hab ich in Bastians Zimmer rausgefunden.«

»Wieso warst du in Bastians Zimmer?«

Alles, was sie hört, ist das Echo einer Wahrheit, die ich nicht erzählen will.

»Und was habt ihr zusammen gemacht?«

Mein Gesicht fühlt sich heiß an. Wie soll ich ihr das erklären? Bastian und ich auf der Halfpipe. Bastian und ich auf dem Treppenabsatz. Also schalte ich auf Angriff um.

»Jule, nur weil du ihn fickst, heißt das nicht, dass du alles weißt.«

Boom! Jule springt auf und stolpert dabei, weil sie ihre Schuhe nie bindet. Ihre Apfelbäckchen glühen.

»Geht's noch? Erstens schlafen wir nicht miteinander. Zweitens hast *du* keine Ahnung. Du quatschst ihm Drogen auf. Und gibst es nicht mal zu?«

Ich fische den Schlüssel aus meinem Rucksack und schließe auf. Das Windspiel klimpert.

»Weißt du was, Jule. Glaub, was du willst. Wir waren bei meiner Mutter. Sonst nichts.«

Ich knalle die Tür hinter mir zu.

Keiner hat am Morgen daran gedacht, die Fensterläden zu schließen oder die Vorhänge zuzuziehen oder wenigstens zu lüften. Die Hitze ist kaum auszuhalten. Der Raum riecht nach Schlaf. Ich stelle alle Fenster auf Kipp und häute mich wie eine Schlange. Das verschwitzte Feuervogelshirt, der Rock und die Socken bleiben auf dem Boden liegen und bilden eine Straße zum Sofa. Nur in Unterwäsche lasse ich mich fallen und schließe die Augen. Das Sofa riecht nach Bastian. Ich springe wieder auf, laufe zur Haustür und öffne sie einen Spalt breit. Jule ist nicht mehr da. Nur in Unterwäsche gehe ich nach draußen und fische nach der Rolle mit den Müllsäcken. Ich schüttele den ersten hin und her, bis Luft reinknallt und er sich auffaltet. Kurz glaube ich, Jule am Fenster gegenüber zu sehen. Mit dem offenen Sack in der einen und der Rolle in der anderen Hand gehe ich wieder ins Haus.

Bastians Decke kommt als Erstes in den Müll.

Dann geht es die Treppe hoch ins Zimmer meiner Mutter. Ich wickele Bastians Schal vom Bettpfosten. Rein in die Mülltüte. Da hast du.

Ich entrolle einen neuen Müllsack und dresche ihn durch die Luft, bis er aufgibt.

Muscheln und Seesterne – in den Müll.

Blaue Kissen – in den Müll.

Bullaugenspiegel – in den Müll.

Am liebsten würde ich auch die Vorhänge runterreißen und eine breite Farbrolle kreuz und quer durch das Wandbild ziehen, bis nichts mehr übrig ist. Treppe wieder runter, rein in die Küche. Kühlschrank auf.

Nagellackfläschchen – in den Müll.

Vergilbtes Mammut – in den Müll.

Los, in den Windfang.

Mamas Gummistiefel – in den Müll.

Mamas Windspiel – in den Müll.

So gehe ich durchs Haus. Aber es ist wie in einem Albtraum. Jedes Mal, wenn ich einen Gegenstand in die Mülltüte packe, taucht ein neuer auf. Man müsste das ganze Haus abreißen, um meiner Mutter beizukommen. Sie hat Botschaften im nassen Zement hinterlassen und ist sogar mit den Holzwürmern im Dachstuhl per du. Ich schleppe eine Trittleiter die Treppe hoch und stelle sie knapp vor der ersten Treppenstufe auf. Das Riesenmobile aus Treibholz ist immer noch außerhalb meiner Reichweite. Auf dem höchsten Punkt der Leiter stehend bekomme ich ein Drahtseil zu fassen. Da höre ich die Eingangstür.

Mein Vater kommt rein und stolpert über einen der Müllsäcke. Aber anstatt mich zusammenzustauchen, weil ich halbnackt auf einer Leiterspitze balanciere, friert er ein. Er starrt mich an wie einen Geist. Kann sein, er sieht meine Mutter vor sich, die er mitten in der Nacht dabei erwischt, wie sie das Monster an seinen Drahtseilen aufhängt.

Plötzlich habe ich Angst, zu fallen. Tränen rollen mir übers Gesicht. Ich steige die Leiter hinunter. Stufe für Stufe.

Als ich angezogen wieder aus meinem Zimmer komme, sind die Kleider im Wohnzimmer weggeräumt und die Müllsäcke zur Seite geschoben. Ein Teekessel müht sich auf dem Herd ab und pfeift: *Setz dich.*

Mein Vater gibt zwei Löffel bröseligen Schwarztee in Teeschalen ohne Henkel. Er glaubt, dass der Tee sich ohne Netz besser entfalten kann. Dann kippt er Wasser drauf. Es ist viel zu heiß, um Tee zu trinken. Aber das ist meinem Vater egal. Ich sehe zu, wie die Teebrösel in der Schale herumwirbeln, wie das Wasser sich dunkel färbt. Wie der Tee sich sträubt. Wie er aufgibt und langsam auf den Boden der Schale sinkt. Neben seiner Teeschale liegt die Postkarte mit dem Mond und dem Tempel.

»Warst du bei ihr?«

Er nickt in Richtung der Müllsäcke, die er an die Wand neben der Tür gestellt hat. Ein Sack steht offen. Die gepunkteten Gummistiefel meiner Mutter schauen vorwurfsvoll rüber.

»Ja«, sage ich, »sie will lieber am Arsch der Welt mit Stechmücken zusammenwohnen als mit uns.«

»Und deshalb wirfst du ihr Zeug in den Müll?«

Obwohl ich schwitze, nippe ich am Tee, um Zeit zu gewinnen, und verbrenne mir die Zunge. Als ob das so einfach wäre.

»Scheiße, macht dich das nicht wütend?«

Der Blick meines Vaters weicht meinem aus.

Er will Musik anschalten.

»Nein.«

Ich nehme ihm die Fernbedienung aus der Hand.

»Alice!« Er ist genervt.

»Ist doch wahr! Sie haut ab und lässt uns allein.«

An den kontrollierten Bewegungen, mit denen mein Vater die Kandiszuckerstücke in seinem Tee versenkt und umrührt, merke ich, dass er doch wütend ist: auf sie, auf sich, auf mich. Auf alles. Keine Ahnung.

»Sie ist nicht abgehauen, sondern ich musste sie einweisen lassen, Alice. Und wenn sie was Neues anfangen will, dann ist das so.«

Er trinkt einen Schluck. Dabei ist er vorsichtiger als ich oder hat eine andere Technik. Jedenfalls verbrennt er sich nicht.

»Aber sie hat sich gewünscht, dass du kommst. Schon in der Psychiatrie. *Ich* wollte dich nicht mitnehmen. *Ich* dachte, das wäre besser.«

»Besser?«

Meine Zungenspitze fühlt sich taub an. Meine Ohren rauschen. Aber mein Vater ist noch nicht fertig.

»Klar hab ich Fehler gemacht, das stimmt. Aber das ist kein Grund, so was zu tun wie du gestern.«

Er starrt auf den Boden seiner leeren Tasse. Versucht, im Teesatz die Antwort zu finden für dieses Rätsel, das ich bin. Fast tut er mir leid. Ich schaue ihm direkt in die Augen. Und diesmal hält sein Blick meinem stand. Da beschließe ich, ihm alles zu erzählen: Bastian, Chemo, OP, MRT, Rückfall, Tumor, Bastians Nein und nochmals Nein. Jule, Pilze, Angst und Bastians Bitte: Wenn nicht jetzt leben, wann dann? Das Einzige, was ich auslasse, ist unser Spaziergang zu zweit. Während ich erzähle, nippe ich am Tee, der inzwischen lauwarm ist.

»Er stirbt vielleicht«, beende ich meine Rede, »und den Ärzten ist das egal.«

Mein Vater nickt langsam. Er gießt sich neuen Tee ein. Endlich sieht er auf.

»Bastian macht nicht den Eindruck, als wäre er todkrank.«

Ein paar Teekrümel hängen mir zwischen den Zähnen und hinterlassen einen bitteren Geschmack in meinem Mund. Ich sage *aber* und erzähle vom Verhalten des Generals und davon, wie Bastian uns seine Sachen geschenkt hat.

»So was macht doch keiner ohne Grund!«

Im selben Moment, in dem ich das sage, sehe ich plötzlich Nala vor mir. Nala, die Lena fragt: »Das hast du ihm abgenommen?«, während Jule und ich im Schutz der Haselnusssträucher das Gespräch über Bastian belauschen.

Mein Vater wiegt den Kopf hin und her. »Vielleicht nicht«, sagt er und ich atme auf.

»Aber klar ist: Die Mutter hat bei der Behandlung ein Mitspracherecht. Es gibt sogar Fälle, in denen Ärzte die Behandlung von Minderjährigen einklagen, wenn eine Chance auf Heilung besteht.«

»Okay«, sage ich, obwohl gar nichts okay ist.

Meine Tasse ist leer.

»Und die Sachen«, er schaut wieder zu den Müllbeuteln, »die stellen wir in den Keller, abgemacht?«

»Nein«, sage ich wieder, aber nicht mehr so laut wie vorhin.

»Soll ich sie ihr stattdessen lieber vorbeibringen?«

Ich nicke.

In der Nacht träume ich von Bastian. Ich sehe ihn, versunken zwischen Krankenhauskissen. Blass und kraftlos. Ein roter Sessel steht neben dem Bett. Ich bin müde, aber ich weiß, ich darf mich nicht hinsetzen. Der Platz gehört Jule. Lange trete ich von einem Bein aufs andere, aber schließlich sind meine Glieder zu schwer: Ich setze mich auf den Sessel. Plötzlich steigt meine Mutter durchs Fenster. Bastian schlägt die Decke zurück und springt auf. Er tanzt mit meiner Mutter durch den Raum. Da merke ich, dass ich mich gar nicht in einem Krankenzimmer befinde. Eine Diskokugel lässt buntes Licht über die Wände tanzen. »Warum?«, frage ich erst meine Mutter, dann Bastian, aber keiner antwortet. Jule kriecht unter dem Bett hervor. In ihren Augen dieselbe Frage.

JULI

27

NOTLÜGEN

Seit dem Gespräch mit meinem Vater weiß ich, mit wem ich reden muss, wenn ich mehr erfahren will. Aber wie ich das anstellen soll, keine Ahnung. Fast eine ganze Woche lang versuche ich, Lena abzupassen, aber es gelingt mir nicht. Ich muss sie alleine erwischen, nur wie? Wie eine Sphinx sitzt Lena auf dem Rasenstück vor der Schule, grinst und schweigt und raucht. Bereit, jeden in Stücke zu reißen, der ihr Rätsel antastet. Nala und Mia stehen gemeinsam mit ihr vom Rasen auf. Lena und Nala lachen fies, als Mia beim Aufstehen der Minirock hochrutscht, und nennen sie Yeti. Sie haben ein paar Haare an ihren Oberschenkeln entdeckt. Mia streicht den Rock wieder glatt und versucht mitzulachen. Es geht nicht.

Nala und Lena stehen auf. Ich folge Nala und Lena zur Bushaltestelle. Die beiden tuscheln und nicken in diese und jene Richtung. Dann kommt der Bus. Küsschen links, Küsschen rechts, Lena steigt ein, Nala nicht. Mein Rad wartet angeschlossen in der Schule auf mich. Ich habe keine Fahrkarte und der Bus ist brechend voll. Morgen ist der letzte Schultag vor den Sommerferien. Das heißt: jetzt oder nie. Ich zwänge mich durch die hinteren Flügeltüren zwischen schwitzenden Körpern hindurch in Lenas Richtung. Da ist sie! Sie sitzt in der Mitte des Busses. Menschen drängen sich im Gang. Trotzdem hat sie den leeren Fensterplatz neben sich mit ihrer Tasche belegt und checkt gerade ihr Handy. Ich drängle mich bis zu ihr durch.

»Ist da frei?«, frage ich, so freundlich wie möglich, obwohl sie eine klare Ansage verdient hätte. Sie sieht von ihrem Handy auf und verdreht die Augen. Dann rutscht sie aber doch auf den Fensterplatz durch, wobei sie sich benimmt, als hätte ich sie dahin abgedrängt, um ihr im nächsten Moment ein Messer an den Hals zu pressen und sie auszurauben.

»Du, Lena«, sage ich und schaue ihr Profil an. Die geschwungene Nase, die gebräunte Haut, die stark geschminkten Augen, »Bastian hat mir von dir erzählt.«

Das ist nicht mal gelogen. Sie zieht eine Augenbraue nach oben. In ihrer Welt ist das eine vollwertige Art, sich mitzuteilen.

»Er hat erzählt, dass er dich vermisst. Und dass er es schlimm findet, wie ihr auseinander gegangen seid.«

Okay, das ist gelogen. Aber Notlügen, entscheide ich, sind okay. Lena lacht, als hätte ich einen absurden Witz gemacht.

»Das hat er gesagt, der Arsch?«

Mehr sagt sie nicht. Wie finde ich raus, was passiert ist?

»Klar«, sage ich, um Zeit zu gewinnen, »keine Frage. Er hat Mist gebaut. Aber es tut ihm echt leid. Er will einfach, dass du das weißt.«

Sie legt ihre unbeteiligte Miene ab.

»Und da schickt er *dich* vor?«, blafft sie mich wütend an. Ärger steht ihr. Ärger kann sie am besten. Sie legt los. »Ich habe ihn getröstet, als er von seiner Krankheit erzählt hat. Ich habe ihn zur Chemo gebracht, bei der ihm kein einziges Haar ausgefallen ist. Ich habe ihn in eine Reha geschickt, bei der er nie war. Ich habe ihm einen Brief dorthin geschrieben«, sie wird immer lauter, »ich habe sogar Lieder für seine Beerdigung mit ihm ausgesucht. Und jetzt tut es ihm *leid*?«

Eine Oma mit Hochsteckfrisur schaut irritiert in unsere Richtung. Ich mache ein Gesicht, von dem ich mir erhoffe, dass es verständnisvoll und besorgt wirkt.

»Woher weißt du denn, dass er nicht krank ist, Lena?«

Sie hält inne und wirft mir einen mitleidigen Blick zu. Dann presst sie die Lippen zusammen, als hätte sie viel zu viel gesagt. Wir sind am Bahnhof.

»Ich muss raus«, sagt sie, aber ich mache keinen Platz.

»Lena, echt jetzt, woher weißt du das?«

»Pass auf, Alice.« Sie seufzt. »Frag mal im Krankenhaus nach oder sprich mit Theo. Und glaub nicht jeden Scheiß.«

Ich überlege, ob ich raushauen soll, dass Bastian jetzt mit Jule zusammen ist, nur um sie sprachlos zu sehen. Aber am Ende sage ich nur »Danke«, stehe auf und verlasse den Bus.

Mein erster Gedanke ist, Jule anzurufen. Aber dann fällt mir unser Streit wieder ein. Das Krankenhaus kann ich wohl vergessen. Die dürfen nichts sagen wegen Schweigepflicht und Datenschutz.

Aber Theo könnte ich tatsächlich fragen. Wie finde ich ihn? Ob es einen Bus gibt, der bis zu seinem Arbeitsplatz ins Industriegebiet fährt? Und selbst, wenn ich hinkäme: Theo hat erzählt, dass sie ihm im Imbiss nur abends Schichten geben. Was weiß ich sonst über ihn? Richtig: Er taucht beim DLRG. So hat er Harry und Bastian kennengelernt. Ich googele Trainingszeit und -ort seiner Tauchgruppe: Bingo. Später im Stadtbad. Dahin kann ich laufen.

Schon von weitem höre ich die Freibadbesucher. Ich krame in meinem Rucksack und finde zwischen Büchern, Zetteln und Mäppchen ein paar Münzen. Der Außenbereich ist ein wuseliges Panorama aus Tätowierungen, Tangas, Sonnenbrillen und Bierbäuchen. Die Rechtecke der Badetücher verwandeln den Rasen in einen bunten Flickenteppich. Der Sprungturm mit Einser, Dreier, Fünfer, Siebener und Zehner ragt in den Himmel und lockt die Idioten an. Kinder in knalligen Sonnenhüten planschen und pissen ins Babybecken. Ich finde ein Becken, in dem eine Bahn für das Tauchtraining abgesperrt ist. Zwei Omas mit Bademützen zetern. Ein Typ mit Halbglatze legt Sauerstoffflaschen am Beckenrand ab. Wenn Theo etwas früher zum Training kommt, kann ich kurz mit ihm reden. Bastian wird hoffentlich nicht aufkreuzen, nachdem er in der Schule wieder gefehlt hat. Ich setze mich auf einen Liegestuhl, auf dem schon ein Handtuch ausgebreitet ist und warte. Als Theo mit einer riesigen Sporttasche auftaucht, lege ich schnell die Beine hoch und schließe die Augen. Er erkennt mich erst, als er auf wenige Meter herangekommen ist. Vielleicht, weil er keine Brille trägt.

»Alice!« Er lacht. »Was machst du hier?«

Ich öffne die Augen: »Theo!«

Nur in Badehose sieht er anders aus. Er stellt seine Sporttasche neben meiner Liege ab und setzt sich auf das Fußende.

»Bin spontan gekommen.«

»Alleine?«

»Jule hatte keine Zeit.«

Das Lügen fällt mir leichter als vorhin im Bus. Es ist wie beim Schwimmen. Anstrengend, wenn man den Kopf krampfhaft über Wasser hält, aber wenn man gleich abtaucht, geht es.

»Na dann«, sagt Theo.

Er grinst wieder und schaut mich an, als wolle er weiterreden, hätte aber den Text vergessen.

»Voll interessant«, sage ich und zeige in Richtung der Sauerstoffflaschen, »ich überlege, auch einen Tauchschein zu machen.«

Das ist natürlich nicht wahr, aber Theo strahlt. Plötzlich fällt ihm jede Menge Gesprächsstoff ein.

»Ich kann dir alles zeigen, wenn du magst.«

Ich nicke eifrig und Theo zieht mich an den Beckenrand. Er packt die Tarierweste und den Lungenautomaten aus. Beides hat bis vor kurzem noch Bastian gehört. Dann schnallt er das Jacket an die Flasche und dreht ein Ventil mit Rädchen, bis der Atemschlauch fest mit der Flasche verbunden ist. Ich beuge mich interessiert über Theos Ausrüstung. Unsere Gesichter kommen sich nahe und Theo wird ein bisschen rot.

»Weißt du noch? Letztens, als wir allein am Rhein entlanggefahren sind?«, frage ich.

»Ja«, sagt er und erwidert meinen Blick aus seinen ehrlichen blauen Augen, die mir hinter der geklebten Brille nie aufgefallen sind, »das war schön.«

Ich muss mich beeilen. Sicher bleibt nicht mehr viel Zeit, bis die anderen Taucher kommen.

»Du hast mir von Bastian erzählt.« Okay, erzählt ist übertrieben. Eigentlich war es nur eine kurze Bemerkung.

Aber Theo nickt.

»Was genau hast du gemeint?«, mache ich weiter. »Was soll ich ihm nicht übelnehmen?«

Theo packt Flossen, Füßlinge, Schnorchel, Taucherbrille und Bleigurt aus und mustert alle Gegenstände nachdenklich.

Ich lege meine Hand auf seinen Arm.

Sind Notberührungen auch Notlügen?

»Lena hat gesagt, dass ich Bastian nicht glauben soll.«

Lenas Name knipst in Theos Kopf eine Erinnerung an und das Lächeln aus.

»Ach die«, er schaut sich um, wie um sicherzugehen, dass niemand uns zuhört, »der kann man nichts recht machen. Als ich letztes Jahr mit ihr im Krankenhaus war, um Bastian zu besuchen, waren wir zu dritt im Aufenthaltsraum. Lena wollte, dass Bastian uns sein Zimmer zeigt. Aber er hatte keine Lust. Ging ihm auch nicht gut an dem Tag. Lena hat darauf bestanden und ihn alles Mögliche gefragt: Wie die Krankenschwestern heißen, was es zum Mittagessen gibt, solche Sachen. Weil er nicht antworten wollte, hat sie sich aufgeregt und behauptet, dass Bastian gar nicht dort behandelt wird. Dass er lügt. Dann ist sie abgehauen.«

Theo legt einen Kippschalter an der Flasche um und die Luft strömt mit einem ärgerlichen Zischen in die Schläuche.

»Bist du dir sicher, dass er krank ist?«, frage ich.

Ich weiß nicht, ob Theo so lange für seine Antwort braucht, weil er nachdenkt oder weil er sich fragt, ob ich eine Antwort verdiene, wenn ich solche Fragen stelle.

»Ich hab ihn gesehen, Alice«, fährt er schließlich fort, »oben auf dem Dach der Schule. Wie er ganz still an der Kante gestanden und nach unten gestarrt hat. Er wäre gesprungen, wenn die Feuerwehr ihn da nicht runtergeholt hätte. So was machst du nicht, wenn es dir gut geht. So was machst du, wenn du am Ende bist.«

Ich nicke. Er stupst mich ganz leicht an der Schulter und zeigt mir seine Taucherbrille mit Sehstärke.

»Willst du mal?«

Ich setze sie auf und die Umrisse des Beckens, Theo und sein Lächeln werden unscharf.

»Du bist ja halb blind.«

Wir lachen.

»Schwimmen wir nach dem Training noch gemeinsam eine Runde im Becken?«, fragt er.

Ich gebe Theo seine Taucherbrille wieder. Wenn ich nicht aufpasse, fliege ich auf. Ich habe nicht mal einen Bikini dabei.

»Ich war gerade schon schwimmen«, sage ich, »und muss jetzt leider dringend heim.«

Das erklärt wenigstens, warum ich in Kleidern hier sitze. »Ach so«, sagt Theo und sieht megaenttäuscht aus. Er will noch was sagen, aber da kommt Harry mit dem Glatzentyp um die Ecke, sieht uns und glotzt. Ich nehme meinen Rucksack von der Liege und winke Theo zum Abschied.

»Vergiss dein Handtuch nicht«, sagt er. Ich zögere kurz. Aber dann nehme ich das fremde Handtuch von der Liege und klemme es mir unter den Arm. Als ich sicher bin, dass Theo mir nicht mehr nachschaut, lasse ich es ein paar Meter weiter auf eine leere Liege gleiten und gehe in Richtung Sprungturm davon.

28

LABYRINTH

Die blauen Fensterläden von Bastians kleinem Haus sind fest verschlossen. Vielleicht stellt es sich schlafend. Dreimal muss ich klingeln, bis Elfi aufmacht. So langsam, als würde die Tür selbst sich dagegen wehren, mich einzulassen.

»Ist Bastian da?«

Elfi wirkt erschöpft. In ihrem Gesicht finde ich keinen Hinweis darauf, ob sie mich erkennt.

»Er ist oben«, sagt sie schließlich.

Schnell gehe ich an ihr vorbei, die Treppe hinauf. Bastians Tür ist zu. Die Türklinke in meiner Hand fühlt sich kalt an. Einen Moment lang sehe ich gar nichts. Dann erscheinen die Umrisse des Betts im Halbdunkel. Dahinter zweigt ein Gang ab, der bei meinem letzten Besuch nicht da war. Wie kann das sein? Ich blinzele und der Gang wird zu einem Spiegel, der an der Wand lehnt. Im Bett liegt Bastian. Seine Augen sind geschlossen. Sein Atem geht gleichmäßig, aber das Laken ist zerwühlt.

Auf dem Nachttisch entdecke ich Jules Mondkalender. Wie ist der hierher gekommen? Daneben liegen ein Notizbuch und ein Pillendöschen. Genau wie das meiner Mutter. Ich setze mich auf die Bettkante. Bastian wacht auf, aber erschrickt nicht. Im Gegenteil: Er lächelt. Fast gegen meinen Willen lächele ich zurück. Wie Trampolinspringen in Jules Garten fühlt sich das an. Ein bisschen albern und ein bisschen flau im Magen. Seine Hand greift nach meiner und ein winziger elektrischer Schlag durchfährt mich. Ich mache mich los. Deshalb bin ich nicht hier. Ich bin hier, um endlich herauszufinden, ob Bastian wirklich krank ist. Das Leuchten in Bastians Gesicht wird durch etwas anderes ersetzt. Er dreht sich um und ist nur noch Rücken.

»Bastian?«

Schweigen.

»Alles okay?«

Ich fühle mich wie in einem Strategiespiel, in dem ich tausend Monster erledigen muss, bevor ich das nächste Level erreiche.

»Ich wollte nur mal nach dir sehen.«

Bastians Spiegelbild merkt sofort, dass das nicht stimmt. Lügen für Fortgeschrittene: durchgefallen. Unsere Lügen sind ein Labyrinth. Dauernd tut sich eine Tür auf oder eine neue Wand steht uns im Weg. Ich muss es mit der Wahrheit versuchen: »Ich mag dich sehr, weißt du.«

Jetzt suchen seine Augen im Spiegel meine.

»Ich weiß nur nicht, was ich dir glauben kann. Wegen der Pilze. Wegen Jule. Wegen uns.«

Alle Sätze, die ich mir zurechtgelegt habe, sind weg.

»Ich habe wegen dir Schluss gemacht«, sagt er plötzlich, dreht sich um und setzt sich auf.

Wie bitte? Einen Moment lang verstehe ich gar nichts mehr. Jules Sommersprossen, Jules schimmerndes Haar, Jules lackierte Zehen in Riemchensandalen, Jules Designerhaus. Ich kann da nicht mithalten. Wer würde mich wählen, wenn er Jule haben kann? Er muss sich irren. Sein Gesicht ist jetzt ganz nah an meinem.

»Jule ist meine Freundin«, sage ich leise und schüttele den Kopf. Aber dann schließe ich die Augen. Seine Lippen sind weich. Das Zimmer kippt um. Wir landen auf Laken und Kissen. Tauchen unter in unser Paralleluniversum und küssen uns, bis wir atemlos sind. Ich liege halb auf ihm und streiche ihm die Haare aus dem Gesicht. Direkt unter den Augen, wo die dunklen Ringe sind, ist seine Haut ganz zart. Am liebsten würde ich einfach vergessen, weshalb ich gekommen bin. Aber es geht nicht. Ich muss das jetzt wissen.

»Hast du Jule erzählt, dass ich die Pilze besorgt habe?«

Bastian schüttelt den Kopf und grinst. »Über die Pilze haben wir gar nicht gesprochen.«

Er legt seine Hand in meinen Nacken. Sie gleitet meinen Rücken hinunter bis zu dem freien Streifen Haut zwischen T-Shirt und Hose. Seine Küsse prickeln wie Himbeerbrause. Erst als die Hand ein paar Zentimeter unter mein T-Shirt wandert, streife ich sie ab und lege mich neben ihn. Schulter an Schulter hören wir der Musik aus der Anlage zu. Der Text des Lieds ist traurig, aber irgendwie auch hoffnungsvoll. Es geht um einen Typen, dessen einzige Hoffnung und letzter Halt ein Mädchen ist. Sie ist der Grund, aus dem er weitermacht. Er braucht sie. Bastian sieht mich an. *Wenn ich könnte, würde ich dir den Mond schenken,* singt er mit.

»Bastian«, flüstere ich, »bist du wirklich krank?«

Er verstummt und blickt mich plötzlich so misstrauisch an, als hätte er gerade erkannt, dass ich der Endgegner bin.

»Glaubst du, ich denke mir das aus, Alice?«

Er zeigt auf den Nachttisch und das Pillendöschen.

»Ich habe mit Lena geredet, Bastian.«

Er lässt die Hände sinken.

Steht auf.

Treffer.

Sucht er nach einer Fluchtmöglichkeit?

»Scheiße«, sagt er laut, »Lena ist abgehauen, als sie erfahren hat, dass ich krank bin. Wenn du ihr glaubst, dann bist du kein bisschen besser.«

Plötzlich ist meine Wut zurück: »Ich bin nicht Lena.«

Bastian reißt die Zimmertür auf: »Hau ab.«

Das kann nicht derselbe Mensch sein, der mich gerade noch geküsst hat. Wie ein Fremder kommt er auf mich zu. Nimmt das Notizbuch vom Nachttisch und schleudert es mir entgegen. Das Buch trifft mich am Arm und fällt auf den Boden. Aua!

»Spinnst du?«

Ich reibe mir den Arm.

»Nein, aber du.«

Vor mir liegt offen das Buch.

»Lies nach, wie es wirklich war, wenn du mir nicht glaubst.«

Ich stecke das Buch und auch Jules Mondkalender ein und gehe, ohne zurückzuschauen, durch die offene Tür. Die Treppe verschwimmt vor meinen Augen. Erst jetzt fällt mir ein, wie das Lied heißt, das Bastian und ich auf dem Bett gehört haben: *Get you the moon* von Kina feat. Snow. Jule hat es während unserer gemeinsamen Recherche, als sie zum letzten Mal alleine bei mir war, hoch- und runtergespielt.

29

TAGEBUCH

Ich vermisse mein Fahrrad, als ich in den stickigen Feierabendzug steige. Der Boden ist klebrig. Als hätte jemand eine Flasche Fanta ausgekippt. Im Stehen nehme ich Bastians Buch aus dem Rucksack und schlage es ungefähr in der Mitte auf. Beinahe fällt es mir aus der Hand. Das bin ich! Eine ganze Seite hat Bastian darauf verwendet, mich zu zeichnen. Aber etwas stimmt nicht. Seine Alice trägt Jules Schutzengelkettchen. Auch die Brüste, die sich unter meinem Shirt abzeichnen, passen eher zu Jule als zu mir. Mein dunkles Haar ist lang wie Jules. Wenn man genau hinsieht, erkennt man auf meiner Nase sogar Jules Sommersprossen und auf meinen Wangen ihre Grübchen. Alles an diesem Mutanten ist falsch. Trotzdem kann ich nicht wegschauen.

5. Dezember

Elfi hat die ganze Zeit über geheult. Eigentlich haben wir beide nur die Diagnose gehört und dann war es vorbei. Der Rest des Gesprächs hat sich angefühlt wie eine Reality-TV-Show. Weit weg und schlecht gecastet. Der Arzt trug einen weißen Kittel und im rechten Ohr einen glitzernden Ohrring. Ich habe das MRT-Bild mit meinem Smartphone abfotografiert. Wenn ich ranzoome, sieht es körnig aus wie eine alte Aufnahme der Milchstraße. Der weiße Fleck im Spinalkanal ist gut zu erkennen. Jetzt sind plötzlich alle Fragen auf einmal da. Aber vorhin im Sprechzimmer, als der Arzt von Optionen gesprochen und Statistiken zitiert hat, war mein Kopf einfach nur leer. Alles, woran ich denken konnte, war, wie hässlich dieser glitzernde Ohrring ist.

So geht es weiter. Bastian beschreibt jeden Tag nach der Diagnose. Die Wut, die Verzweiflung die Resignation. Fieberhaft lese und lese ich.

Wieder daheim fällt mein Blick auf die Ecke, in der am Morgen noch die Müllsäcke standen. Sie ist leer. Ich lade meinen Rucksack mit Bastians Notizbuch dort ab. Ich will sofort in mein Zimmer verschwinden und weiterlesen, aber der Tisch ist gedeckt.

»Paella«, sagt mein Vater stolz, »nichts tiefgefroren.«

Er schippt mir so begeistert gelbe Pampe auf den Teller, als wollte er vier Jahre Fischstäbchen wieder gutmachen. Miesmuscheln purzeln den Reisberg runter, eine Garnele steckt ihren Kopf raus. Antennen, Augen und Scheren sind noch dran.

»So richtig gemeinsam essen«, sagt mein Vater. »Ich finde, das sollten wir öfter machen.«

Ich nicke und friemele eine Muschel aus ihrem schwarzen Anorak. Die Garnele schiebe ich an den Tellerrand, von wo aus sie mich vorwurfsvoll anglotzt.

»Viel los heute?«, fragt mein Vater.

»Nein«, sage ich, »überhaupt nicht.«

Es ist gut, dass die Musik aus ist. Es ist gut, dass er mir am Mittwoch zugehört hat. Aber das heißt ja nicht, dass ich ihm jeden Tag mein Leben von vorne bis hinten erzählen muss.

In Bastians Buch gibt es mehr Zeichnungen als beschriebene Seiten. Manchmal hat er etwas eingeklebt. Zum Beispiel einen Kassenbon aus der Krankenhaus-Cafeteria (*Heiße Schokolade, Kaugummi, Snickers*). Bastian zeichnet hervorragend. Etwa das Zimmer, in dem er liegt, bis ins kleinste Detail. Oder Fische, die lateinische Bezeichnungen tragen. Die Einträge vor der Jule-Alice-Mutantenseite stammen aus Bastians erster Zeit im Krankenhaus.

12. Dezember

Ich wache auf und bekomme keine Luft. Ich will rufen, aber kein Ton verlässt meinen Mund. Ich will mich aufsetzen, keiner ist da. Endlich, Luft in meine Lungen! Meine Luftröhre brennt. OP wie Operation, denke ich. OP wie Opfer. OP wie Optimismus, vielleicht. Jetzt liege ich auf der Seite, schaue dem Tropf beim Tropfen zu und warte.

19. Dezember

Immer noch keine Nachricht von meinem Vater. Dafür Besuch von Harry, Theo und Lena. Ich wüsste nicht, was ich tun würde, wenn sich keiner für mich interessieren würde. Die Krankenschwester hat mir geholfen, normale Kleider anzuziehen. Der Weg in den Aufenthaltsraum ist so anstrengend. Aber wenigstens kann ich noch laufen. Aus irgendeinem Grund wünschte ich, Lena wäre nicht gekommen.

Ein paar Wochen später beginnt die Chemo. Jeder Zyklus dauert 21 Tage. An Tag 1 und 3 wird das Zeug in den Körper gepumpt. Den Rest der Zeit versucht der Körper, es wieder loszuwerden.

24. Februar

Ich nehme ein Kissen mit auf die Toilette. Weil es keinen Sinn hat, mich immer wieder zurück ins Bett zu quälen. Wenn die Übelkeit für ein paar Minuten nachlässt, lege ich mich auf die kalten Fliesen. Mein Körper ist so fertig, dass er mit nichts mehr klarkommt. Dauernd muss ich mir die Hände desinfizieren und den Mund mit Mundwasser ausspülen, damit sich nichts entzündet. Frisches Obst und Gemüse verboten. Salami, Nüsse und Sushi verboten. Leitungswasser und Sonne verboten.

30

DIE EINLADUNG

Es ist schon spät. Das Buch kann ich trotzdem nicht zur Seite legen. Absurd, dass ich Bastian gerade noch zur Rede stellen wollte. Ich meine, was muss er von mir gedacht haben, nach allem, was er erlebt hat. Scheiß-Lena. Wer weiß, ob sie es witzig findet, uns gegeneinander aufzuhetzen oder ob sie sich einfach an Bastian rächen will, weil er sie verlassen hat. Bastian erzählt, wie er schon ein paar Wochen nach seiner Entlassung zusammen mit Harry auf das Dach der alten Kapelle geklettert ist. Einfach so. In Turnschuhen und ohne Sicherung. Hinter der Mutantenseite hat er einen Flyer mit dem Eröffnungsdatum der Strandbar eingeklebt. In den nächsten Einträgen geht es um Jule. Jule dies, Jule das. Ich bin nicht mal Statist. Plötzlich leuchtet mein Handybildschirm auf.

Bist du noch wach?,

schreibt Jule. Kann ich so tun, als hätte ich ihre Nachricht nicht gesehen? Immerhin haben wir seit zwei Tagen nicht mehr miteinander geredet. Klar will ich ihr alles erklären. Nur nicht jetzt. Nicht so.

Ja. Wie geht's?

Vielleicht kann sie nicht schlafen, weil wir gestritten haben.

Geht so. Dir?

Geht so.

Vielleicht ist es aber auch ganz anders. Vielleicht löffelt sie gerade Eiscreme, schaut einen traurigen Film und verbraucht einen Megapack Taschentücher wegen der Trennung von Bastian. Hoffentlich hat er ihr nicht gesagt, dass ich der Grund bin, aus dem er nicht mehr mit ihr zusammen sein will. Wenn es wirklich Bastians Schuld ist, dass es ihr schlecht geht, dann ist es auch meine.

Ich will nicht mehr streiten,

schreibt Jule. Sonst nichts.

Ich auch nicht.

Soll ich ihr von Bastians Notizbuch erzählen? Ihr sagen, dass sie recht hatte? Dass er wirklich krank ist? Ich würde gerne, aber weiß nicht, wie ich ihr gleichzeitig den Nachmittag bei ihm zuhause verschweigen soll.

Morgen Abend bei mir?
Hab sturmfrei.

An unseren Geburtstag habe ich fast gar nicht mehr gedacht. Wir feiern doch jedes Jahr zusammen.

Geht klar.

Wenn wir zu zweit sind, kann ich ihr erklären, dass ich Mist gebaut habe. Dass es mir leidtut. Dass ich jetzt weiß, was ich will. Vorausgesetzt, dass ich es bis dahin weiß.

Wie immer?

Wie immer.

Ich lese weiter. Den Tag, an dem Bastian das zweite MRT macht und Jule und ich im heißen Klassenzimmer auf das Ergebnis warten, erkenne ich nur am Datum. Das Bild darunter zeigt einen hellen Kreis vor einem dunklen Hintergrund: Der Mond, würde Jule sagen. Aber ich finde, es könnte auch eine Supernova sein. Ein Stern, der explodiert und dabei so hell leuchtet wie eine ganze Galaxie. Je länger ich lese, desto häufiger taucht mein Name auf. Bastian beschreibt, wie ich aussehe, wenn ich über meine Mutter spreche: Wunderschön, entscheidet er.

Neben diesem Eintrag finde ich die Buchseite, die ich vor zwei Wochen in der Schulbibliothek gesucht habe. Bastian hat sie tatsächlich aus dem Märchenbuch gerissen.

Das Märchen vom Feuervogel
In einem weit entfernten Königreich lebte ein mutiger Jäger. Eines Nachts ritt er durch den Wald. Da lag vor ihm auf dem Boden eine goldene Feder, die glänzte wie eine Flamme. Er wusste, dass jeder, der eine Feder des Feuervogels berührte, seinem Zauber verfiel. Der Jäger überlegte. Zwar würde der König ihn reich belohnen, doch zu Hause wartete sein Liebchen. Er wandte sich gerade ab, da fielen Mondstrahlen durch die Äste. Noch nie hatte der Jäger etwas so Schönes gesehen wie die Feder, in der sich das Mondlicht bündelte. Er steckte sie in seinen Köcher.

Ab hier wird die Geschichte kompliziert. Der Jäger muss Abenteuer bestehen und sich gegen einen bösen König durchsetzen. Aber seit dem Tag, an dem er die Feder berührt hat, ist er dem Vogel und der Feuerprinzessin, die ihn besitzt, verfallen. Scheißmond, der ihm das eingebrockt hat. Am Ende bekommt der Jäger die Prinzessin und alle leben glücklich bis an ihr Ende. Obwohl die Sache mit der Buchseite so seltsam ist, kann ich nicht aufhören, zu lächeln.

24. Juni

Dauernd beschwert Jule sich darüber, dass sie Alice nicht dabeihaben will. Aber heute hat es mir gereicht. »Was stört dich so an ihr?«, habe ich sie gefragt. Zuerst dachte ich, sie ist nur eifersüchtig. Aber sie wurde richtig wütend. »Alice mischt sich in alles ein«, hat sie heute gesagt, »fällt dir das nicht auf?« Ich finde, Jule übertreibt. Außerdem ist alles, was wir unternehmen, schöner, wenn Alice dabei ist. »Immer macht Alice, was sie will. Ohne Rücksicht darauf, wie es anderen dabei geht. Genau wie ihre Mutter.«

Plötzlich fällt mir das Atmen schwer. Meine Fingerspitzen kribbeln und mein Herz klopft irgendwie unregelmäßig. Stockend lese ich den Rest des Eintrags.

Ich habe keine Ahnung, warum Jule so etwas sagt. Aber eins ist klar: Wer so über jemanden redet, kann keine echte Freundin sein.

31

SWEET 16

Im Traum stehe ich im Zimmer meiner Mutter. Sie liegt regungslos da, während mein Vater ihren Koffer für die Klinik packt. Auf dem Teppich liegt eine milchige, blau pulsierende Schlange. Erst als ich mich wegdrehen will, merke ich, dass es die Nabelschnur ist, die mich mit meiner Mutter verbindet. Jule gibt mir eine grüne Bastelschere. Aber die Schnur ist zäh wie ein Fahrradschlauch. Mit einem schmatzenden Geräusch gibt sie nach. Spuren von Blut und Schleim verschmieren die Schere. Jule nimmt meine Hand und geht mit mir in ihren Garten voller Gänseblümchen. Wir stehen vor dem Schildkrötengehege. »Wenn wir Sam nicht füttern, wird er verhungern«, sage ich. Jule dreht sich weg. Da merke ich, dass sie zwei Gesichter hat. Ein verständnisvolles, das jetzt in die andere Richtung blickt und ein anderes, das mich hämisch angrinst.

Meine Arme und Beine und sogar meine Augenlider sind schwer. Blöde Schule. Wenn ich es überhaupt schaffe, aufzustehen, muss ich neben Jule sitzen. Noch schlimmer ist das Gefühl, dass sie etwas sieht, das ich nicht sehe. Bin ich wirklich wie meine Mutter? Eins, zwei, drei – Augen auf!

Wenige Zentimeter von meinem Gesicht entfernt schwebt ein rosa Heliumballon. *Sweet 16* steht darauf. *Game over* wäre passender. Mein Vater hat den Ballon an eine Sektflasche geknotet. Zum Frühstück hat er einen Berg Waffeln gemacht, obwohl keiner von uns schon Hunger hat. Fröhlich erzählt er mir, was ich ab nun offiziell darf: Bis Mitternacht feiern (Du gehst zu Jule, oder?), mich betrinken (aber nur mit Jule, ja?), heiraten (aber bitte nicht gleich). In Gedanken füge ich hinzu, was ich nicht darf: Mir anmerken lassen, was ich weiß. Jule je wieder glauben.

Zum Glück bleiben wir am letzten Schultag vom General verschont und haben nur noch Frau Schneider und Klassenleiterstunde. Ich komme gemeinsam mit dem Klingeln in den Klassenraum. Frau Schneider steht schon vorne und redet, den Stapel mit den Zeugnissen neben sich. Jule umarmt mich. Meine Hand liegt wie ein toter Fisch auf ihrem Rücken.

»Alles Gute«, quietscht sie laut und fröhlich.

»Dir auch«, murmele ich.

Frau Schneider schaut irritiert in unsere Richtung, aber dann versteht sie, dass wir Geburtstag haben, und schlägt halb aus Spaß vor, dass die Klasse ein Lied für uns singt.

»Happy birthday to you«, legt Bastian los. Die anderen grummeln eher, als zu singen. Ultrapeinlich. Jule sieht Bastian an und lächelt. Müsste sie nicht eigentlich am Boden zerstört sein, weil er sie verlassen hat? Lena inspiziert gelangweilt ihre Nägel. »Happy birthday, Jule und Alice! Happy birthday to you.«

Während wir einen Film schauen, betrachte ich Jule von der Seite. Sie sieht wirklich nicht aus, als hätte sie die letzte Nacht durchgeheult.

Als Frau Schneider in der nächsten Stunde endlich die Zeugnishefte austeilt, packe ich meins ein, ohne reinzuschauen.

Nala flucht. Bestimmt bleibt sie sitzen. Jule zählt mit Sommerferiengesicht ihre Einser. Wieder ein Blick zu Bastian.

»Ich muss noch was erledigen«, sagt sie, als die Stunde endet, »wir sehen uns heute Abend.«

Und schon ist sie weg. Auf dem Weg zum Fahrradständer sehe ich Jule und Bastian bei den Haselnusssträuchern. Jule hält den Kopf gesenkt. Trotzig schaut sie an ihm vorbei, während Bastian auf sie einredet.

Lena hat die beiden entdeckt und grinst, während sie mich überholt: »Stress im Paradies?«

»Halt die Klappe«, zische ich, aber innerlich grinse ich auch.

Der Gedanke, trotz allem, was passiert ist, mit Jule Geburtstag zu feiern, macht mich fertig. Ich gehe hin, ich gehe nicht hin, zähle ich die Laternenpfähle runter, die, als ich mit dem Rad heimfahre, an mir vorbeirasen. An meinem Geschenk für Jule habe ich wochenlang gearbeitet. Ich gehe hin. Jetzt kommt mir das Fotoalbum einfach nur lächerlich vor. Ich gehe nicht hin. Das letzte Bild, das ich eingeklebt habe, ist das Selfie, das Jule und ich am Tag nach unserem Einbruch in die Strandbar gemacht haben. Jule mit Duckface, ich strecke die Zunge raus. Ich gehe hin. Ein Schnappschuss aus unserer Kindheit: Jule als rosa Faschingsprinzessin, ich als Piratin. Unsere Gesichter verschmiert vom Schokokusswettessen. Meine Mutter hat die Aufnahme gemacht. Als Clown verkleidet hat sie auf der Feier als einzige Erwachsene den Ententanz mitgetanzt – und ist danach drei Tage lang nicht aufgestanden. Ich gehe nicht hin. Selbst das allererste Bild, das Jule und mich als Windelrocker im Garten zeigt, wirkt nicht mehr witzig, sondern blöd. Zwei fette Babys mit Sunblocker auf der Nase, dazwischen eine

Schildkröte. Ich stelle mir vor, wie ich Jule das Buch gebe und ihr die Wahrheit sage: Ich weiß, was du wirklich über mich denkst. Und nur, damit das klar ist: Ich bin jetzt mit Bastian zusammen. Abgang. Letzter Laternenpfahl auf dem Heimweg.

Ich gehe hin.

32

FLOWER MOON

Ich stehe auf dem Treppenabsatz vor Jules Haus, den Blick nach unten gerichtet, das Fotoalbum fest an mich gedrückt. Kann sein, es ist notwendig, dass wir uns aussprechen, sage ich mir und klingele. Kann sein, es wird fast nicht weh tun. Die Tür öffnet sich. Bastian strahlt mir entgegen, als wäre mein entgeistertes Gesicht das Beste, was ihm überhaupt je passiert ist.

»Du?«, frage ich.

Wenn ich gewusst hätte, dass Jule ihn eingeladen hat, wäre ich auf keinen Fall gekommen. Anstatt zu antworten, küsst er mich auf die Wange. Aber was ist mit Jule? Was, wenn sie hinter Bastian im Türrahmen steht und uns sieht? Zum Glück befindet sie sich in der Küche und schneidet Zwiebeln. Als ich den Raum betrete, sieht sie kurz auf.

»Hi Alice.«

Bilde ich mir ein, dass ihre Augen dunkel glänzen? Hat sie geweint? Oder sind das die Zwiebeln? Auf dem Herd brutzeln Hähnchenteile.

»Hi Jule.«

Ich muss auf eine Gelegenheit warten, alleine mit ihr zu sprechen. Unschlüssig stehe ich rum. Im Kühlschrank finde ich trotz Geburtstag keinen Champagner, sondern nur eine halbleere Flasche Wein: Château irgendwas, staubig und voller Fingerabdrücke. Mein Blick fällt auf Jules halbleeres Glas. Wenn wir eine Chance haben wollen, die Dinge zu klären, muss wenigstens eine von uns nüchtern sein. Also Cola für mich. Bastian nimmt die Anlage von Jules Eltern in Beschlag und eine Band, die wie eine außerirdische Version der Beatles klingt, schallt durch den Raum.

»Vampire Weekend. Das Lied heißt *Flower Moon.*«

Bastian lächelt und ich lächele zurück. Percussions und Leadgitarre setzen gleichzeitig ein. Der Saft in meinem Glas vibriert. Im Lied verflucht der Sänger den Vollmond, der ihn beeinflusst. Er will sich nicht verlieben, denn irgendetwas stimmt nicht mit dieser Nacht und dem Bann, den sie auf ihn ausübt. Nichts mehr wird sein wie zuvor, wenn diese Grenze überschritten wird.

Bastians Hemd spannt sich über seinen Schultern, die Hände stecken in den Taschen seiner Shorts. Er beginnt, sich im Rhythmus zu bewegen. Ein bisschen nur, als könnte er nichts dagegen tun. Dabei sieht er wahnsinnig gut aus. Um ihn nicht andauernd anzuschauen, nehme ich die Pfeffermühle in die Hand und rassele den Takt mit. Im Vorbeigehen schnappt Bastian sich Jules Zwiebeln. Er kippt Gewürze und Honig in die Pfanne und löscht mit Kokosmilch und Wein ab, tanzt durch die Küche. Es zischt und duftet. Plötzlich wirbelt er herum und wirft mir eine Ingwerwurzel entgegen, die ich gerade noch auffangen kann. Ein kleiner runzliger Kobold, der mich an eine Voodoo-Puppe erinnert. Das Päckchen Champignons, das Bastian in Jules Richtung geworfen hat, ist auf dem Boden gelandet. Genervt sammelt sie die Pilze auf. Obwohl ich nur Cola trinke, fühlen meine Füße sich leicht an. Fast ohne mein Zutun beginnen sie mitzutanzen. Bastian reicht mir die Hand.

Ich drehe mich albern unter seinem Arm durch, in der einen Hand noch immer den Ingwerkobold. Jule steht still da und beobachtet uns.

Plötzlich spüre ich ein Ziehen im ganzen Körper. Weil etwas anfängt, das ich nicht aufhalten kann. Weil etwas aufhört, das ich nicht festhalten kann. Jule nimmt mir den Ingwerkobold aus der Hand und hackt ihm den Kopf ab. Mit einem Teelöffel schält sie die Haut ab. Dann zerkleinert sie ihn. Bastian hört auf zu tanzen. Während er seine Kochorgie fortsetzt, schenkt er Jule Wein nach.

»Vielleicht solltest du langsamer trinken«, murmele ich.

»Kann dir doch egal sein.« Ihre Augen funkeln.

Bastian legt den rechten Arm um mich und den linken um Jule: »Essen ist fertig.«

Jule macht sich los und schwankt dabei. Mit einem Stapel Teller in der Hand verschwindet sie auf die Terrasse. Anscheinend essen wir draußen.

Der Mond hängt als Sichel am Himmel. Groß und ein bisschen zur Seite geneigt wie ein sinkendes Schiff.

»Schmeckt es dir nicht?«

Jule rührt Bastians Essen kaum an.

»Doch.«

»Noch Wein?«

Er schenkt ihr nach.

Ein Schweigen, modrig wie Spinnenweben, hängt zwischen uns.

Erst jetzt fällt mir auf, dass wir unsere Schildkröte Sam in ihrem Gehege vergessen haben. Jule geht ins Haus, um dreckiges Geschirr reinzubringen. Mit der Schulter bleibt sie an der

Glastür hängen. Ihr Weinglas knallt auf den Boden und zerbricht. Ich will Jule helfen, die Scherben aufzuheben, aber Bastian schüttelt den Kopf. Sobald sie drinnen ist, spüre ich seine Hand auf meinem Oberschenkel.

»Ich habe ihr alles erzählt«, flüstert er und sieht mich erwartungsvoll an. Ich drücke seine Hand unter dem Tisch, schaffe es aber nicht, ihn anzulächeln. Jule tut mir leid. Keiner kann was für Gefühle, sage ich mir. Aber ein bisschen weiß ich, dass das nicht stimmt. Ich wünschte, ich könnte meine Gefühle für Bastian eintopfen wie eine schöne Pflanze, ein bisschen warten, ein bisschen gießen. Aber stattdessen lasse ich sie in den Himmel wachsen wie Efeu.

Da steht Jule plötzlich wieder vor uns. In der einen Hand hält sie einen rosa Handfeger, in der anderen ein Päckchen, eingeschlagen in Geschenkpapier.

»Für dich.«

Bastians Hand rutscht von meinem Schoß.

»Danke.«

Ich lege mein Geschenk daneben. Warte darauf, dass sie ihres zuerst öffnet, aber sie schaut an mir vorbei, die Lippen zusammengepresst.

»Mir geht's nicht so gut«, sagt sie schließlich, »ich leg mich hin.«

»Wir gehen dann auch«, rufe ich ihr hinterher, aber da ist sie schon ins Haus verschwunden.

Ich will aufstehen und nach drüben in unser Hexenhaus gehen. Aber ich finde den richtigen Moment nicht. Jule hat das Schweigen mit ins Haus genommen. Jetzt können wir nicht aufhören, zu reden. Das Gespräch hält uns wie ein unsichtbares Band beieinander. Es gibt nur noch uns. Die Farben des Gartens verschwinden eine nach der anderen im Dunkel. Die Geranien riechen nach Zitrone. Ich erzähle, wie ich mit meiner Mutter einen halben Tag lang in Paris unterwegs war, weil sie das Graffiti einer Ratte finden wollte, die auf einem Champagnerkorken fliegt.

Bastian lacht: »Da würde ich gerne mit dir hinfahren.«

Bastian zeigt mir ein Sternbild, das nicht existiert. Trotzdem rücken wir näher zusammen.

»Ich habe dein Tagebuch gelesen«, sage ich. Die Nacht ist eine warme Decke, die sich um unsere Schultern legt. Ich nehme seine Hand. »Ich glaube dir jetzt.«

Es ist ein seltsames Gefühl, Bastians geheimste Gedanken zu kennen. Ich war noch nie der wichtigste Mensch für einen Menschen. Ich lehne mich zu Bastian hinüber und küsse das Ziehen in meiner Brust weg. Bastian küsst mich genauso heftig zurück. Er zieht mich vom Gartentisch zum Liegestuhl und ich leiste keinen Widerstand. Das Polster der Liege in meinem Rücken ist kühl. Bastian liegt halb auf mir. Seine Küsse kitzeln in meiner Halsbeuge. Meine Finger gleiten über seine Wirbelsäule nach unten in den Bund seiner Shorts. Bastians Hände sind überall, fahren meine Rippen entlang, streicheln meine Brust, streifen mir das T-Shirt über den Kopf. Ich liege nur noch in Jeans und BH da, spüre Bastians Gewicht auf mir.

»Sind wir jetzt zusammen?«, frage ich.

Bastian nickt und löst den Verschluss meines BHs.

Und dann geht alles sehr schnell.

»Scheiße«, höre ich Jule fluchen.

Glas knirscht.

Ich springe auf.

»Fuck!«

Jules entsetztes, irgendwie entgleistes Gesicht. Blut auf dem Terrassenboden. Jule hält sitzend ihren verletzten Fuß und starrt meinen nackten Oberkörper an. Scheiße, warum hat sie das Licht nicht angemacht? Dann hätte ich sie bemerkt. Sie sieht mich an.

»Du –«

Ja was, denke ich. Verräterin? Schlampe? Nicht mal in dieser Situation kriegt sie ein Schimpfwort raus oder schafft es, mir ehrlich die Meinung zu sagen.

Obwohl sie blutet, bin ich wütend: »Sag mir doch, was du denkst.«

Ein paar Sekunden lang sucht sie nach Worten.

»Du kannst mich mal!« Sie steht auf. »Ich hasse dich.«

Und dann kotzt sie die Terrasse voll.

33

FLÜSTERPOST

Ich schaue nicht nach links und rechts, als ich über die Straße renne. Xenon-Scheinwerfer blenden mich. Ein Auto hupt. Mein T-Shirt liegt noch im Garten. Natürlich braucht Jule jemanden, der sich um sie kümmert. Trotzdem hoffe ich, dass Bastian nicht bei ihr bleibt, sondern mir folgt. Bevor ich den Schlüssel im Schloss drehe, lausche ich ein paar Sekunden in die Nacht: keine Schritte. Erst im Bad findet mein Herz in seinen normalen Rhythmus zurück. Gleichzeitig wird alles in mir schwer. Zu schwer fast, um die Jeans abzustreifen. Ich gehe ins Zimmer meiner Mutter und kuschele mich in ihr Korbbett.

Als ich erwache, malt die Sonne helle Kleckse an die Wand. Wozu? Die Sonne soll abhauen. Wozu überhaupt noch Sonne? Wozu Sommerferien? Vor mir liegen sechs Wochen in Grau. Die Pläne, die Jule und ich gemacht haben, sind gestorben. Klar ist es gut, wenn ich sie erst mal nicht sehen muss. Aber der Gedanke daran, dass es mit unserer Freundschaft vorbei ist, tut weh. Ich drehe mich zur Wand und schließe die Augen.

Es muss schon Nachmittag oder Abend sein, als mein Vater ins Zimmer kommt. Er stellt ein Muffin auf dem Nachttisch ab, reißt das Fenster auf und setzt sich auf die Bettkante.

»Wilde Party?«

Ich schaffe nicht mal ein Schulterzucken.

»Jetzt sag' doch mal was.«

Mein Vater kommt mir kleiner vor als sonst. Er streicht mir übers Haar, als wäre ich wieder ein Kind und hätte Fieber.

»Jules Mutter hat angerufen.«

Spielen wir jetzt Flüsterpost, oder was?

»Sie sagt, sie hat dich beinahe überfahren, Bastian verwirrt und Jule blutend auf der Terrasse gefunden.«

Sie sagt, er sagt. Und alle tun, als wüssten sie was. Ich schüttele den Kopf. Klar, dass Jules Mutter die Hälfte weglässt. Meinen BH auf der Terrasse und Jules Kotze zum Beispiel.

»Du musst dich mit ihr aussprechen.«

Selbst, wenn: Ich fühle mich wie ein leeres Gefäß.

»Oder wenigstens aufstehen, Alice – bitte.«

Der flehende Ton in seiner Stimme passt null zu dieser ganzen bescheuerten Situation. Ich bewege meinen Kopf ein Stück. Mein Vater sitzt so verkrampft da, als wäre die Bettkante ein Abgrund. Zwischen seinen Augen eine tiefe Sorgenfalte. Plötzlich verstehe ich, was er sieht: Meine Mutter, die sich weigert, aufzustehen und mit ihm zu reden.

»Ist gut«, sage ich, »okay.«

Mein Vater verlässt das Zimmer. Ich schließe mein leeres Handy an den Strom an. Jules Geschenk an mich liegt auf dem Tisch. Wahrscheinlich das letzte, was ich je von ihr bekommen werde. Ich packe es aus. Briefpapier, bedruckt mit Monets japanischer Brücke über einem Seerosenteich, schimmert mir entgegen. Ist das eine Aufforderung?

Pling, pling.

Mein Handy erwacht aus seinem Schlaf. Zwei neue Nachrichten.

Theo

Habe gehört, was passiert ist.
Falls du reden willst.

Harry

Ist Bastian bei dir?
Ich kann ihn nicht erreichen.
Warte am Rheinstrand auf ihn.
Wir waren verabredet.

Theos Nachricht wurde morgens um elf verschickt, Harrys erst vor fünf Minuten. Kein Lebenszeichen von Bastian oder Jule. Wieso schreiben eigentlich alle mir? Und was genau hat Theo gehört? Ich habe keine Lust mehr auf Halbsätze und Halbwahrheiten und beschließe, das Handy auszuschalten. Aber in genau diesem Moment klingelt es.

34

ZUGZWANG

»Bist du verrückt geworden?«

Ich stelle mein Handy auf Lautsprecher und lege es vor mich auf den Tisch. So fühlt es sich nach ein bisschen mehr Abstand von Bastian am anderen Ende an.

»Das kannst du vergessen. Ich kann nicht einfach abhauen. Was ist mit Jule und meinem Vater?«

Aber während ich das sage, beginnt ein Bilderkino in meinem Kopf: Bastian und ich in Paris, wie wir gemeinsam an der Seine entlangschlendern. Hand in Hand. Ein Zimmer nur für uns alleine. Ohne Jule und schlechtes Gewissen.

»Ich hab die Tickets schon«, erklärt er, »in vier Stunden sind wir in Paris.«

Ich antworte nicht, schaue mich aber nach meinem Rucksack um. Bastian klingt so aufgekratzt wie noch nie.

»Haben wir doch gestern ausgemacht, Alice.«

Was brauche ich für zwei oder drei Tage? Zahnbürste, Wechselkleider, Geld. Aber ich bringe das nicht.

»Haben wir?« Keine Ahnung, was er meint. Eigentlich haben wir doch nur über den Paris Trip mit meiner Mutter damals gesprochen. »Ich kann doch nicht einfach verschwinden, Bastian.«

Im Hintergrund höre ich Stimmen, den Signalton einer Lautsprecherdurchsage, das Rauschen eines Zuges.

»Ich versteh' dich nicht«, sagt Bastian schließlich.

Ich weiß nicht, ob es an seinem Ende einfach zu laut ist oder ob er das sagt, weil ich gesagt habe, dass ich nicht mitkommen kann.

»Der Zug geht in einer Stunde.«

Bastian legt auf und geht auch nicht mehr dran, als ich versuche, ihn zurückzurufen. Ich muss unaufhörlich den Kopf schütteln über diese bescheuerte Aktion, packe aber gleichzeitig den Rucksack. Für alle Fälle. Ich rufe meinem verblüfften Vater zu, dass ich nochmal raus muss, aber bis spätestens elf zurück bin. Dann schwinge ich mich aufs Rad und rausche ab in Richtung Bahnhof. Was will ich ihm sagen? Erst mal muss ich ihn überhaupt finden. Ich trete heftig in die Pedale, überhole einen Lastwagen, ignoriere eine rote Ampel. Trotzdem brauche ich ewig, bis ich am Bahnhof bin.

Los geht's: Rad anschließen. Treppen hochsprinten. In der Halle: Gewimmel. Eine Oma mit Einkaufstrolley steht mir im Weg. Ich umgehe sie, stolpere dabei über eine Hundeleine und lande beinahe auf einem kleinen Mädchen in einem Pippi-Langstrumpf-T-Shirt. Es sitzt auf dem spiegelnden Boden, neben sich einen Schildkrötenrucksack.

Auf der Anzeige über mir rattert eine endlose Reihe von Buchstaben- und Zahlenkombinationen durch mein Blickfeld. Ich entdecke einen TGV auf Gleis 8. Das muss der Zug sein! Ich kämpfe mich zwischen Feierabendpendlern die Treppe runter und renne im Slalom durch die Unterführung. Alle Leute um mich herum schwitzen und die Hitze treibt Gerüche aus dem Asphalt. Nicht so romantisch, wie ich mir das vorgestellt habe. Bei Gleis 8 geht's wieder hoch. Da ist der Zug! Ich suche das Gleis nach Bastian ab. A, B, C, D – in keiner Zone ist er zu finden. *Einsteigen. Türen schließen. Der Zug fährt in Kürze ab.* Soll ich einfach rein und hoffen, dass Bastian im Zug sitzt? Ich versuche wieder, ihn anzurufen. Nichts. *Vorsicht bei der Abfahrt. Türen schließen selbsttätig.* Das Klingeln des Freizeichens und das Piepen der Tür überlagern sich. Irgendwo weit vorne ein Pfiff. Der Zug setzt sich in Bewegung.

35

VERSTECKEN

Ich setze mich auf einen der Metallgitterstühle im Wartebereich. Stelle mir vor, ich bin Teil eines dieser bunten Wimmelbücher für Kinder, in dem man den roten Luftballon, den verlorenen Teddybären oder den Brezelstand finden muss. Scanne meine Umgebung. Bestimmt taucht Bastian gleich in meinem Blickfeld auf. Weil er nicht ohne mich gefahren ist. Weil es einfach eine Scheißidee ist, nach Paris abzuhauen, während eigentlich seine OP ansteht. Ich finde den Blumenstrauß und die Pizzaschachtel. Aber Bastian entdecke ich nirgends. Mein Handy piept. Hat Bastian die verpassten Anrufe gesehen und schlägt mir jetzt einen Treffpunkt vor?

Seine Nachricht enthält einen Link. Sonst nichts. Zum Kotzen. Ich habe null Lust auf eine weitere Runde Verstecken und Rätselraten. Ameisen kribbeln mir durch den Magen, als ich auf den Link klicke und sich ein Musikvideo öffnet. Untertitel: *Echo and the bunnymen*. Plötzlich schaut mir der halbe Bahnhof von hinten über die Schulter. Jedenfalls kommt es mir so vor. Das Video zeigt das Spiegelbild eines Sichelmondes auf einer Wasseroberfläche. Wellen kräuseln das Wasser, so dass der Mond immer wieder für Sekundenbruchteile fast verschwindet. Dann Cut zum Sänger. Der blickt mich direkt an, als hätte er eine Nachricht für mich. Ich drehe die Lautstärke hoch und versuche, den englischen Text zu verstehen.

Under blue moon I saw you. Unter einem blauen Mond habe ich dich gesehen. Oder meint der Sänger mit *blue moon* den zweiten Vollmond innerhalb eines Monats, der nur ganz selten vorkommt? Jule hat mir davon erzählt. Egal! Wie geht das Lied weiter? Konzentration!

Ich gehe noch einmal zum Anfang des Videos zurück und ein mit weißen Tüchern verhängtes Kreuz fällt mir ins Auge. Anscheinend geht es um ein Paar, das einander bald wieder in den Armen halten wird. Aber dann wird es seltsam: Es sei zu spät, um alles abzusagen. Denn *it must be killing time*?! Was soll das heißen? Wer soll hier sterben? Ich? Bastian? Ist das eine Drohung? Ist das ein Abschied? Oder ein blöder Scherz?

Vielleicht will Bastian mir heimzahlen, dass ich nicht in den Zug gestiegen bin? Die feinen dunklen Härchen auf meinen Unterarmen stellen sich auf, obwohl es im Bahnhof stickig und heiß ist. Bastian hat mir einen elektronischen Boten geschickt, so viel ist klar. Nur was das soll, verstehe ich nicht. Ich rufe ihn an. Keine Chance. *Killing Moon*? Wieder und wieder spiele ich das Video ab. Alleine komme ich nicht weiter.

an Harry

Bist du noch am Rheinstrand?
Warte dort auf mich!

an Theo:

Reden ist gut. Brauche Hilfe.
Triff mich am Rheinstrand.

Dann mache ich mich auf den Weg.

36

NIESELREGEN

Der Weg an den Rhein ist unangenehm. Gegenwind und Nieselregen machen mich langsam. Auf der anderen Flussseite recken zwei Kräne, die immer noch an den Penthäusern bauen, ihre Hälse wie durstige Giraffen am Wasserloch. Gelb und rostrot. Harry hat sich unter einen der Palmenschirme am Eingang der Strandbar gestellt. Trotzdem sind seine schwarzen Klamotten fleckig vom Regen. Theo kann ich nirgends entdecken.

»Wo ist Bastian?«, fragt Harry, noch während ich absteige.

»Keine Ahnung.« Mein Gesicht wird heiß.

Ist natürlich ein bisschen daneben, wie ich die beiden hierhergelockt habe. Harry denkt, ich wüsste, wo Bastian ist, und Theo denkt, das wäre ein Rendezvous.

»Vielleicht können wir ihn zusammen auftreiben«, sage ich.

Harry ist maximal genervt.

»Mann, das versuche ich doch seit Stunden.«

Aus der Ferne sehe ich Theo anradeln. Er trägt ein neongrünes Regencape mit Kapuze, unter dem nur seine Outdoorschuhe hervorlugen. Die Gläser seiner Brille sind beschlagen. Als er Harry erblickt, verfinstert sich seine Miene.

»Fuck«, sagt er anstelle einer Begrüßung und quetscht sich zu uns unter den Palmenschirm.

»Ich habe dir deutlich gesagt, dass ihr diese blöde Aktion alleine durchziehen sollt. Ich will nichts davon wissen.«

»Will dich auch keiner dabeihaben«, gibt Harry zurück und macht Anstalten, Theo wieder in den Regen zu schubsen.

»Welche Aktion?«, frage ich Harry, der mit den Schultern zuckt wie ein trotziges Kind.

»Welche Aktion?«, frage ich Theo.

»Die zwei Lebensmüden wollten auf den Kran klettern.«

Theo nimmt seine Brille ab und rubbelt sie trocken.

Harry fährt sich durch sein langes Haar, das regennass und strähnig an ihm runterhängt, und bindet es zu einem Pferdeschwanz zusammen.

»Jetzt mach dich locker, Theo. Wir wären schon nicht hochgeklettert bei dem Wetter, sondern hätten erst mal nur die Baustelle gecheckt.«

Ich denke an das Bild, das vom Lichtmast am Fußballstadion aus geschossen wurde, an Bastians Barfüße über dem Abgrund.

»Und du denkst, es ist eine gute Idee, mit einem da hochzuklettern, der todkrank ist und deshalb beinahe schon mal vom Schuldach gesprungen wäre?«

Theo will gehen.

»Bastian wollte mit mir nach Paris!«, sage ich schnell.

»Heute?«, fragt Harry entgeistert.

Theo nickt: »Hat er mir auch erzählt. Und gefragt, ob ich mal mit dir reden kann, Alice.«

Aha. Jetzt verstehe ich gar nichts mehr. Ich nehme mein Handy raus und zeige Harry und Theo das Musikvideo.

Der Regen hat aufgehört. Theo sieht plötzlich blass aus, Harrys Gesicht hingegen wird rot.

»Was soll *killing moon* bedeuten, und dass es zu spät ist, alles abzusagen?«, murmelt Harry, während er einen Zipfel seines schwarzen T-Shirts zwischen den Fingern dreht.

»Was wohl?«

Theo schaut düster zu den beiden Kränen auf der anderen Flussseite.

»Los jetzt!«, entscheide ich und dann geht es wirklich los.

37

DER KRAN

Um zur Baustelle am anderen Ufer zu gelangen, müssen wir zuerst über die Brücke. Eigentlich ist die für Autos gedacht, aber ganz außen gibt es einen Fußgängerweg, den wir hintereinander entlangfahren. Während man mit dem Auto in weniger als einer Minute drüben ist, kommt mir die Strecke auf dem Rad ewig lang vor. Die nasse Fahrbahn glänzt. Links neben mir ein LKW, der aufgeblendet hat. Die Autos auf der anderen Seite hupen. Rechts neben mir der dunkle Fluss. Unter uns schiebt sich ein Containerschiff hindurch. Einer der Kräne steht wie ein riesiger rechter Winkel in der Landschaft, den Ausleger fast parallel zum Boden, der andere hat den Hals hoch in den Himmel gereckt. Beide Ausleger bewegen sich kaum merklich im Wind. Am Turm eines der Kräne scheint sich ein dunkler Fleck langsam nach oben zu arbeiten. Als ich blinzele, ist er verschwunden.

Auf der anderen Seite der Brücke angekommen, müssen wir einen Umweg fahren, um hinunter zur Baustelle zu gelangen. Ein Stockwerk des Rohbaus steht schon. Auf welcher Seite würde ich klettern? Sicher nicht auf der Stadt- oder Brückenseite. Außer natürlich, ich wollte gesehen werden. Wir umrunden die Baustelle, immer dicht an der Bretterwand entlang.

»Da vorne«, ruft Harry plötzlich. Bastians blaues Hipsterrad liegt vor uns im Gras.

»Und jetzt?«, fragt Theo grimmig.

Anstatt zu antworten, mache ich ihm eine Räuberleiter. Dann hilft Harry mir hinüber und zieht sich zuletzt selbst an der Bretterwand hoch. Die andere Seite ist ein fremder Planet. Baumaschinen schlafen zwischen Schotter und Pfützen. Wir schleichen an einem Bagger vorbei, der die Schaufel zwischen den Vorderläufen abgelegt hat, durchqueren eine Türöffnung und laufen zwei nackte Betontreppen hoch. Wieder draußen ragt ein Wald von Metallstangen um uns auf. Aus einem quadratischen Loch wächst der Turm des roten Krans. Ich weiß nicht, wie hoch das Ding ist. Dreißig Meter? Vierzig? Verdammt hoch jedenfalls. Auf Höhe des Führerhauses kann ich nun deutlich eine Gestalt in einem schwarzen Hoodie erkennen. Der Kopf des Kletterers ist unter der Kapuze verschwunden.

»Mach keinen Scheiß, Mann!«, schreit Theo.

»Wenn du nicht runterkommst, kommen wir hoch!« Harry hat die Hände vor seinem Mund zu einem Trichter geformt. Der Wind trägt seine Stimme trotzdem fort. Keine Chance, dass Bastian da oben etwas hört.

Theo nimmt sein Handy raus.

»Wen rufst du an?«, fragt Harry misstrauisch.

»Schsch! Leise!« Theo hält uns das Handy hin und schaltet auf Lautsprecher: Freizeichen. Tatsächlich legt die Gestalt im Kranturm einen Kletterstop ein.

»Ja?«

Bastians Stimme klingt ungeduldig.

Keiner von uns hat damit gerechnet, dass er rangeht. Theo räuspert sich. Sein neongrünes Regencape muss von oben sofort zu sehen sein. Übertrieben deutlich sagt er: »Wir – sind – hier – unten. Harry. Alice. Und ich.«

»Und Jule?«, fragt Bastian in Sekundenschnelle zurück.

»Nein«, sage ich, »Jule ist …«

»Sag' Jule, sie soll kommen, Alice!«

Seine Stimme ist ein Messer und zerschneidet meine Gedanken.

»Jule kann nicht …«

»Doch!«

Ich halte die Luft an. Will verhandeln. Weiß nicht, wie. Etwas zu sagen, ist besser, als nichts zu sagen. Solange ich weiterrede, kann Bastian nicht weiterklettern. Harry holt schwarze Fahrradhandschuhe aus seinem Rucksack.

»Tut mir leid, dass ich so spät am Bahnhof war«, sage ich. »Da war dieses Mädchen …«

Bastian legt auf. Und zack ist er auf dem Dach des Führerhauses. Er richtet sich auf und steht einen Moment lang regungslos da. Dann zieht er sich eine Ebene höher. Er will auf den Ausleger! Harry ist inzwischen beim Kran angelangt und beginnt ebenfalls zu klettern. Ich trete zurück und mache ein Foto, auf dem das Führerhaus und Bastians Silhouette zu sehen sind. Dann ein weiteres Foto vom kletternden Harry. Beide Fotos schicke ich an meinen Vater:

Notfall!,

schreibe ich darunter und schicke ihm meinen Standort.

Bring unbedingt Jule mit.
Egal wie.

Schon ein paar Sekunden später hat er die Nachricht gesehen.

Komme.

Ich sehe wieder zu Bastian hoch. Wie ein schwarzer Engel sitzt er hoch über dem Führerhaus und blickt auf die Stadt.

38

KLETTERPARTIE

»Ihr spinnt doch alle!«, ruft Theo mir nach, während ich auf den Kran zulaufe, und vielleicht hat er recht. Vielleicht kann ich Bastian nicht davon abhalten, zu springen. Aber ich kann auch nicht einfach warten, zuschauen, stillstehen. Ihn fallen sehen. Schuld sein.

Anders als der Stamm des Birnbaums in Jules Garten fühlen die Querverstrebungen des Krans sich kalt und rutschig an. Nirgends finde ich richtig Halt. Ich muss ins Innere des Turms. Da gibt es wenigstens eine Leiter. Vorsichtig hangele ich mich rüber, unter mir nichts als die dunkle Öffnung im Beton, in dem die Leiter ins untere Stockwerk verschwindet. Die Metallstange, auf der ich stehe, drückt sich hart durch die dünne Sohle meiner Turnschuhe. Meine Hände umklammern die Sprossen über mir. An ein paar Stellen ist der Lack abgeplatzt. Jetzt geht es senkrecht nach oben.

Nach wenigen Metern sind meine Finger kalt und verkrampft. Kopfsache, sage ich mir. Sprosse für Sprosse. Weiter, sage ich mir. Sprosse für Sprosse. Aber meine Beine geben nichts auf meinen Pep Talk und beginnen zu zittern. Wenn ich abrutsche, fängt mich niemand. Dann verschlingt mich die Baustelle, bis ich irgendwo im Erdgeschoss auf den Estrich knalle. Ich spüre Theos Blicke im Rücken. Versuche, mich auf die Abstände zwischen den regelmässen Sprossen zu konzentrieren. Aber es ist, als würde die Schwerkraft zunehmen, je weiter ich klettere. Zwei Meter über mir sehe ich einen Gitterrost. Sprosse für Sprosse klettere ich weiter. Ich ziehe mich hoch. Lehne mich atemlos ans Geländer. Der Blick nach unten setzt mir zu. Aber bis zu Bastian ist es nochmal mindestens doppelt so weit.

Plötzlich fährt ein gelber Opel den Weg entlang und auf die Baustelle zu. Trotz Wind wird mir einen Augenblick warm. Denn neben meinem Vater steigt eine Gestalt mit blondem Pferdeschwanz aus dem Auto: Jule. Sie hat mich mit Bastian nicht allein gelassen. Theo im grünen Regencape winkt beiden vom ersten Stock der Baustelle aus zu. Dann stehen sie neben ihm und er zeigt nach oben in Richtung des Auslegers. Was er wohl sagt?

Ja, da oben.
Will springen.
Schon mal fast vom Schuldach.
Doch!
Ich war dabei.
- weil er krank ist.
Wollte sogar mit Alice nach Paris.

So ungefähr. Jules Smartphone-Bildschirm leuchtet auf und ich sehe sie telefonieren. Bastian hingegen sehe ich nicht. Das Führerhaus ist im Weg. Der Bildschirm unten erlischt und plötzlich humpelt Jule auf den Kran zu. Ich denke an die Scherben und das Blut auf ihrer Terrasse. Das kann nicht ihr Ernst sein. Hat Bastian ihr gesagt, dass er springt, wenn sie nicht hochkommt? Zögerlich wie ein Faultier klettert sie los. Nach jeder Sprosse verharrt sie einen Moment auf der Leiter.

Einmal flucht sie. Als sie endlich knapp unter meinem Gitter angekommen ist, will ich sie das letzte Stück hochziehen. Für einen Moment steht meine Hand einsam in der Luft. Dann scheppert das Gitter und Jule sitzt neben mir, die Beine von sich gestreckt. Ihr linker Sneaker ist enger geschnürt als der rechte, aus dem ein weißer Verband blitzt.

»Schlimm?«, frage ich, um irgendwas zu sagen.

Sie tut, als hätte sie mich nicht gehört, und will wieder aufstehen. Als sie den verletzten Fuß belastet, verzieht sie das Gesicht.

»Willst du weiter?«

Jule scheint zu überlegen. Dann schüttelt sie den Kopf und setzt sich wieder hin. Vielleicht braucht sie nur eine Pause. Wir schauen in die Ferne. Vor uns der Rhein, ein dunkles Band. Dahinter Promenade und Strandbar, die Rheinauen und endlose Häuserreihen. Dazwischen Spielzeugautos auf Straßen und die Lichtpunkte der Straßenlaternen, die jetzt alle zugleich aufglimmen.

»Das gestern wollte ich nicht«, sage ich.

Zum ersten Mal, seit sie hier oben ist, sieht Jule mich an. Ihre grünen Augen schimmern wie die einer Katze im Zwielicht, aber ihr Gesicht bleibt ausdruckslos.

»Jetzt tu nicht so.«

Ich wünsche mir, dass die Sonne hinter den Wolkenfetzen hervorlugt und die letzten Minuten des Tages orange und lila färbt. Aber der Himmel bleibt trüb. Die Sonne verabschiedet sich ohne Tamtam und es beginnt zu dämmern.

»Bastian hat mir erzählt, dass du ihn nicht in Ruhe lässt, obwohl er nichts von dir will. Nicht mal mehr küssen konnte er mich vor dir.«

Wenn ich es nicht besser wüsste, könnte ich schwören, das Gitter schwankt unter unseren Füßen.

»Das stimmt nicht!«, sage ich leise. Wenn Jule mich noch anschauen würde, würde sie die Überraschung in meinem Blick sehen. »Ich dachte, ihr habt euch getrennt.«

In diesem Moment klettert Bastian aus dem toten Winkel heraus und wieder in unser Blickfeld. Wendig bewegt er sich auf dem Ausleger nach vorne in Richtung Kranspitze. Und wie ein plötzlicher Sturm fährt mir die Erkenntnis durch den Körper: Bastians Liebeserklärung an mich, das gesamte Tagebuch – nichts stimmt. Wut breitet sich in meinem Körper aus wie eine Flutwelle. Auf Bastian, der uns herumschiebt wie Spielfiguren, auf Jule, die ihm glaubt, auf mich selbst.

Bastian sitzt jetzt hoch auf der Kranspitze. Jules Blick haftet an ihm wie eine unsichtbare Sicherheitsleine. Als wäre die Kranstrebe eine Reckstange, lässt Bastian sich nach unten gleiten und hängt plötzlich nur noch an den Armen über dem Abgrund. Jule schließt die Augen.

Wie ein Akrobat löst Bastian eine Hand von der Kranstange. Unter ihm das Nichts. Eine, zwei Sekunden lang. Aber als Jule die Augen wieder öffnet, hat Bastian beide Hände wieder an der Stange, zieht sich mit einem Klimmzug hoch, hakt ein Knie ein und schaukelt zurück in den Sitz.

Es ist jetzt fast ganz dunkel. Von fern hören wir Sirenen und sehen mehrere Autos mit Blaulicht über die Brücke fahren.

39

AUSSAGEN

Wir sitzen in einem Warteraum. In der Ecke steht ein Kinderspieltisch mit Zwergenstühlen, auf dem ein halbfertiges Puzzle liegt. Es zeigt verschiedene Einsatzfahrzeuge: Feuerwehr, Polizeiauto, Krankenwagen, das volle Programm. Während mein Vater im Nebenzimmer seine Aussage macht, hängt Jules Schweigen über Harry, Theo und mir wie eine dunkle Wolke. Als Nächstes will die Polizistin mit mir sprechen. Ihr dunkles Haar erinnert mich an das Haar meiner Mutter. Sie schließt die Tür hinter mir und nickt aufmunternd.

Wo soll ich beginnen? Bei den Kletterfotos? Bei Bastians Krankheit? Bei unserem Streit auf Jules Terrasse? Die Vergangenheit ist eine Zauberkiste. Sie hat seit unserem Gespräch auf dem Kran einen doppelten Boden bekommen. Ich steige nicht mehr dahinter. Also erzähle ich nur von Bastians Anruf, dem Zugticket nach Paris, dem Video und unserer Suche nach ihm. Ich würde gerne wissen, was Jule aussagt. Vielleicht hat sie Bastians Gesicht nicht gesehen, als er an uns vorbei nach unten geklettert ist. Gelassen, als wären Jule und ich, die Polizisten, die Sanitäter und die Höhenrettung, die mitangerückt ist, ein handverlesenes Publikum, für das er seinen Auftritt geplant hat. Vielleicht hat Jule nur gesehen, wie er sich gewehrt hat, weil er nicht mitfahren wollte. Gehört, wie er laut wurde. »Mein Fahrrad!« So laut. »Ich kann das Rad nicht hier stehen lassen!« Die Polizistin will das Musikvideo sehen. Ich zeige es ihr und sie nickt wieder. Am Ende dürfen wir gehen. Einfach so.

Jule steigt ohne Gruß aus, als unser Opel vor ihrem Designerhaus hält. Im Bett fallen mir tausend gute Antworten ein. All die Dinge, die ich ihr auf dem Kran hätte sagen können, um zu erklären, was wirklich passiert ist.

Aber egal, was ich entgegne, egal, wie überzeugend ich bin: Wenn sie die Augen öffnet, schaut sie zu Bastian, der sich mit einem Klimmzug zurück auf den Kran zieht. Wieder und wieder.

Gleichzeitig hören die Fragen in meinem Kopf nicht auf. Warum hat Bastian das getan? Warum hat er gelogen? Ich öffne das Fenster. Stöpsele die Kopfhörer ein und schalte Musik an, um die Bilder zu vertreiben. Höre *Talking to the moon* von Bruno Mars. Sehe aus dem Fenster. Ob auch Bastian gerade in den Himmel schaut? Ob er weiß, was er angerichtet hat? Die Mondsichel ist kaum noch zu erkennen. So schmal ist sie geworden. Aber bei Jule gegenüber brennt noch Licht. Ich wünschte, der Mond könnte meine Fragen beantworten. Aber es gibt nur eine Person, die das kann ... und plötzlich weiß ich, was ich tun muss. Wenn meine Mutter denkt, sie kann einfach abhauen, ist das eine Sache. Aber Bastian muss sich erklären. Das ist er mir und Jule schuldig.

40

LETZTE WORTE

Meine Gedanken sind noch immer ein loses Wirrwarr, als ich an Bastians Tür klingele. Ich versuche, einzelne Sätze zu Ende zu denken, aber mein Kopf fühlt sich hohl an. Ich weiß nicht, ob ich überhaupt geschlafen habe. Dafür habe ich drei Tassen Instant-Kaffee getrunken. Ich klingele nochmal: Keiner macht auf. Zögerlich öffne ich die Gartenpforte. Vielleicht finde ich Bastian draußen? Ich laufe über gesprungene Steinplatten, vorbei an einem uralten Bobby Car, den die Sonne ausgebleicht hat. Das bisschen Gras, das an manchen Stellen noch steht, ist gelb und knistert unter meinen Füßen. Jemand hat versucht, ein Beet anzulegen, aber mittendrin aufgegeben.

»Bastian ist nicht da.«

Ich erschrecke mich und stolpere über eine rostige Schaufel, die neben einem staubigen Erdhaufen liegt. Erst jetzt nehme ich Elfi wahr, die regungslos auf der Terrasse unter der Markise sitzt, dem einzigen schattigen Fleck. Sie trägt keines ihrer bunten Wickelkleider, sondern schwarz. Eine riesige Sonnenbrille verdeckt ihr halbes Gesicht.

»Wo ist er denn?«, frage ich und komme näher.

Ich kicke einen Stein aus dem Weg und Ohrenkneifer stieben wie Miniskorpione davon. Elfi nippt an ihrem Getränk, das eine hausgemachte Limonade, aber auch ein Gin Tonic sein könnte.

So war das nicht geplant. Wegen der Sonnenbrille kann ich nicht sagen, ob Elfi mich ansieht oder doch an mir vorbei in den leeren Garten blickt.

»Setz dich.«

Ich setze mich auf die Terrassenfliesen, obwohl neben Elfi ein weiterer Gartenstuhl steht.

»Willst du was trinken?«

Elfi wartet meine Antwort nicht ab, sondern geht ins Haus und kommt kurz darauf mit einem Glas Wasser in der Hand wieder, in dem Eiswürfel klirren. Als ich mit Jule hier war, war ich so durstig. Aber gerade will ich nur Antworten, sonst nichts. Elfi drückt mir das Glas in die Hand.

»Wenn ihr Bastian gestern nicht gefunden hättet …«

Ich warte, aber sie beendet den Satz nicht.

Jetzt setze ich mich doch auf den Stuhl.

»Wer weiß, was passiert wäre? Ich dachte, es wäre endlich alles gut, weißt du? Ich dachte, dieses Mal käme er klar«, sagt Elfi mit belegter Stimme.

Ich nippe an meinem Getränk und hoffe, das Elfi keinen Beitrag von mir erwartet, weil: Was soll ich dazu sagen? Dass Jule und ich noch befreundet wären, wenn Bastian nicht wäre? Dass ich noch nie jemanden getroffen habe, der so klug und einfühlsam und gleichzeitig so rücksichtslos ist? Dass ich eine Scheißangst um ihn hatte und gleichzeitig so wütend auf ihn bin, dass mein Herz pocht und meine Zunge trocken wird?

»Er war in Therapie, weißt du?«

Der Zettel, den ich in Bastians Geldbeutel gefunden habe, fällt mir wieder ein.

»Bei Dr. Fischer?«, frage ich.

Elfi nickt.

Ich atme tief ein. Wenn ich Gewissheit will, dann jetzt.

»Bastian hat uns erzählt, dass er wegen eines Tumors in Behandlung ist.«

Elfi nimmt die Sonnenbrille ab und wischt sich über die Augen. Erst jetzt merke ich, dass sie weint. Sie schluchzt nicht, aber Wasser rinnt aus ihren kleinen Augen, die fast so dunkel sind wie Bastians, und bahnt sich einen Weg durch ihr weiches, fassungsloses Gesicht. Obwohl ich sie kaum kenne, nehme ich ihre Hand. Sie kann nichts dafür, was passiert ist. Die Wut auf Bastian ist noch da, aber sie hat sich mit etwas anderem vermischt. Einer Ahnung, dass es etwas gibt, das ich nicht weiß.

Etwas, das alles verändert.

»Er ist schon krank«, sagt Elfi so leise, dass ich sie kaum höre, »aber doch nicht so! Es gibt keinen Tumor.«

Jule hätte bestimmt Taschentücher dabei. Aber ich kann nur da sein und warten, dass es besser wird. Ohne weitere Erklärung verschwindet Elfi noch einmal im Haus. Ich lutsche Eiswürfel, bis mein Mund sich taub anfühlt. Endlich öffnet sich die Terrassentür wieder.

»Bastian ist schon länger in psychotherapeutischer Behandlung. Bei ihm wurde eine Borderline-Persönlichkeitsstörung diagnostiziert.«

»Okay«, sage ich, obwohl gar nichts okay ist. Ich warte darauf, dass Elfi weiterredet. Aber ihre Unterlippe zittert, als würde es sie große Mühe kosten, nicht wieder zu weinen. Trotzdem liegt Entschlossenheit in ihrem Blick, als sie mir einen Flyer überreicht:

Information für Angehörige.

Die Liste von Symptomen, die folgt, löst ein unangenehmes Kribbeln in mir aus.

Borderline ist eine Erkrankung, die die Identität eines Menschen beeinflusst. Betroffene leiden unter starken inneren Anspannungszuständen, die sie oft durch selbstschädigende und risikoreiche Verhaltensweisen zu unterbrechen versuchen. Als Angehörige/r ist es wichtig, sich bewusst zu machen, dass dieses Verhalten einen Selbstschutzmechanismus darstellt und nicht aus bösem Willen geschieht.

Reihen von Bildern rasen durch meinen Kopf: Bastian, der mit dem Rücken zu uns auf dem Steg in der Strandbar sitzt. Bastian, der den Rhein durchschwimmen will. Bastian auf dem Ausleger des Krans.

Starke Stimmungsschwankungen und die Angst davor, verlassen zu werden, führen zu intensiven, aber instabilen zwischenmenschlichen Beziehungen. Hinzu kommen in manchen Fällen eine verzerrte Selbstwahrnehmung und Suizidgedanken.

Bastian, der neben mir auf dem Bett liegt. Bastian, der mich zu meiner Mutter begleitet. Bastian, der mich versteht wie niemand zuvor. Das alles geht in meinem Kopf kaum zusammen und ergibt trotzdem plötzlich Sinn. Mein Wasser ist leer. Ich fühle mich ausgedörrt und spröde. Vielleicht bin ich diesem Sommer nicht gewachsen.

Elfi ist neben mir auf ihrem Stuhl zusammengesunken.

»Wir hatten vereinbart, dass ich nur die Schulleitung und seine Lehrer über die Situation und alles, was passiert ist, informiere. Damit er an der neuen Schule neu anfangen kann. Und ich habe mich gefreut, dass er Freunde gefunden hat. Es ging ihm besser. Das hat auch Frau Fischer gesagt. Aber dann ist alles schief gegangen. Ich wusste doch auch nicht, was richtig ist.«

Ihre Schultern zucken und sie beginnt zu schluchzen.

»Ich weiß, dass sein Verhalten sich nicht gegen mich richtet. Wenn Bastian lügt und sich Geld von mir nimmt, wenn er schreit und tobt, das schaffe ich. Aber wenn er verschwindet …« Das Schluchzen wird stärker. »Eigentlich habe ich dauernd Angst, dass er wieder verschwindet. Dass ich dann einen Anruf bekomme und ihm etwas passiert ist.«

Ich möchte gerne wütend auf Elfi sein, aber es geht nicht. Weil ich plötzlich verstehe, wie sehr sie Bastian liebt. Und wie schwer es ist, ihn zu lieben.

Ich falte den Flyer einmal, zweimal. Vielleicht kann ich ihn so klein falten, dass er verschwindet?

»Danke«, sage ich und meine es so. Ich bin froh, dass ich jetzt alles weiß. Auch wenn ein Teil von mir sich wünscht, dass sie sich irrt. Dass alle sich irren. Aber das ist unmöglich.

»Nein, Danke dir«, sagt Elfi.

Sie schnieft und wischt sich mit ihrem schwarzen Ärmel die Tränen aus dem Gesicht.

»Bastian ist jetzt in einer Klinik. Wenn er wieder Besuch empfangen darf, würde er sich freuen, euch zu sehen.«

»Wann wird das sein?«, frage ich und weiß nicht, ob ich mir wünsche, dass sie *bald* sagt oder *nie*.

»In ein paar Wochen?«

Elfis Stimme klingt hoffnungsvoll.

Ich nicke.

Sie kritzelt die Adresse auf einen Zettel.

Zum Abschied nimmt mich Elfi in den Arm und lässt mich lange nicht los.

Als ich nach Hause komme, stecke ich Bastians Tagebuch, das ich ihm eigentlich zurückgeben wollte, in einen großen Umschlag. Auch den Flyer mit den Informationen zur Borderline-Erkrankung lege ich dazu. Jetzt kommt der schwierigste Teil: Das Briefpapier, das Jule mir zum Geburtstag geschenkt hat, liegt auf meinem Schreibtisch. *Liebe Jule,* beginne ich, *ich weiß nicht, ob das etwas ändert, aber* ... Ich schreibe eine ganze Seite. Und dann noch eine. Schreibe alles auf. Von Bastians und meinem Gespräch im Skaterpark über den Mittag bei meiner Mutter bis hin zum Besuch in Bastians Zimmer, seinem Geständnis, dass er Jule verlassen wollte, dem falschen Tagebuch und meiner Enttäuschung. Unter den blauen Tintenbuchstaben schimmert Monets japanische Brücke hervor. Der Faden von Jules Freundschaftsband um mein Handgelenk ist vom Seewasser, von der Sonne und diesem ganzen Sommer so dünn geworden, dass er sich auflöst, als ich an der Kugel ziehe. Ich weiß noch genau, was ich mir gewünscht habe, als Jule das Band in ihrem Schoß verknotet hat. Hoffe, dass mein Wunsch in Erfüllung gehen wird, auch wenn das Band nicht von alleine abgefallen ist, sondern ich nachgeholfen habe. Ich kritzele Jules Namen auf die Vorderseite des Umschlags und werfe alles in ihren Briefkasten.

Dann schreibe ich einen Brief an meine Mutter, der kürzer ausfällt, aber ich hoffe, sie versteht: *Es war nicht deine Schuld,* schreibe ich, *das verstehe ich jetzt. Bin bereit für die schönen Momente, die noch kommen*, schreibe ich, *Alice*.

AUGUST

SEPTEMBER

EPILOG

DIE KLINIK

Rio Reiser verabschiedet sich mit einem letzten Refrain vom *Junimond* und ich nehme die Kopfhörer ab. »Wusstest du, dass man auf jedem Sitzpolster drei verschiedene Arten von Haaren finden kann?«

Jule schaut weiter aus dem Zugfenster, als hätte sie meine Frage nicht gehört. Der bunte Stoff der Sitze kratzt und juckt, wo er meine verschwitzen Oberschenkel berührt.

»Menschenhaare, Rattenhaare und noch etwas Drittes.«

Wieder keine Antwort. Mit ihren kurzen hennaroten Haaren sieht sie aus wie ein lebendiges Stoppschild. Wer weiß, wie lange sie das noch durchziehen will.

Es ist so lange her, dass ich ihr geschrieben und mich entschuldigt habe. Aber gemeldet hat sie sich nicht. Wer weiß, wie viel sie mir und meinem Brief wirklich glaubt. Gestern hat Elfi mir vorgeschlagen, Bastian zu besuchen, und mir ausgerichtet, dass auch Jule mitkommen will. Ein bisschen wie in einem schlechten Agentenfilm: 14 Uhr am Bahnhof. Nur Jule und ich. Keine Tricks. Und wir sind gekommen. Beide.

Ich schließe die Augen und konzentriere mich auf den Luftzug, der durch das offene Fenster kommt. Eine Lautsprecherstimme kündigt unsere Station an. Wir stehen viel zu früh von unserem Vierersitz auf und gehen in Richtung Türen. Der Boden unter uns wackelt und knirscht. Ein Gleiswechsel bringt mich aus dem Gleichgewicht. Reflexartig halte ich mich an Jule fest, aber als ich ihr Gesicht sehe, lasse ich wieder los. Auf dem Bahnsteig wartet Jule wortlos auf eine Anweisung, den Blick auf den Boden gerichtet. Alle Leute machen einen Bogen um uns.

»Da lang«, ich zeige in Richtung des Ausgangs, »die Klinik liegt in einem Wohngebiet.«

Ich warte nicht ab, bis Jule wieder nicht antwortet, sondern laufe los. Jule läuft ein Stück hinter mir.

Ein paar Mal muss ich überprüfen, ob wir noch auf dem richtigen Weg sind. Der Abstand zwischen uns verringert sich nicht. Wenn ich anhalte, hält auch Jule hinter mir an. Wenn ich weitergehe, geht auch sie.

Schließlich erreichen wir die Adresse, die Elfi mir aufgeschrieben hat. Ich weiß nicht, was ich erwartet habe. Die Klinik ist kein weißer Krankenhausklotz, sondern eine Jugendstilvilla aus Sandstein. Wir laufen einen Kiesweg entlang in Richtung Eingangspforte. Um uns herum ein Garten mit uralten Bäumen. Es gibt einen Sandkasten, eine Nestschaukel, ein Teufelsrad. Ein Junge, der gerade darauf im Kreis läuft, fällt ins Gras.

Am Empfang fragen wir nach Bastian. Weil er gerade in einer Therapiesitzung ist, werden wir ins Wartezimmer im ersten Stock geschickt. Auf dem Weg kommen wir an einer Gemeinschaftsküche vorbei, in der drei Mädchen mit Töpfen klappern. Im Treppenhaus stehen Zitronenbäumchen und eine Bohnermaschine für das Parkett. In einer Ecke des Wartezimmers befindet sich ein Tischkicker, in einer anderen eine vollgekritzelte Tafel. Wir könnten in einem Jugendzentrum sein. Wären da nicht die Infobroschüren zu Krankheitsbildern.

Ich lasse mich auf einem der Sitzsäcke nieder. Jule bleibt vor der Tafel stehen. Strichmännchen sind zu sehen, eine Fee, der ein Flügel fehlt, ein halber Hund. Erst denke ich, Jule will der Fee einen zweiten Flügel malen. Aber sie greift nach dem Schwamm und wischt die Tafel leer, bis nichts mehr übrig ist. Wir werden gerufen.

Bastian steht im Türrahmen und lächelt. Er trägt wie immer Hemd und Shorts und um den Hals den Schal, den er im Treppenhaus meiner Mutter gefunden hat. Er hält sich übertrieben gerade. Der Kontrast könnte nicht größer sein: Das ist nicht derselbe Bastian, den wir am Rande des Abgrunds auf dem Kran gefunden haben. Seine Augen blitzen spöttisch. Genau wie zu Beginn des Sommers, als er plötzlich in unserem Klassenzimmer stand. Von Jules zutraulichem Welpengesicht hingegen ist nichts übriggeblieben. Sie kommt mir jetzt eher wie ein in die Enge getriebener Fuchs vor. Es würde mich nicht überraschen, wenn sie Bastian kratzt oder beißt. Ich warte darauf, dass sie mich genauso ansieht. Aber sie tut es nicht.

»Krasse Frisur«, sagt Bastian anerkennend. Er breitet die Arme aus und macht zwei Schritte auf Jule zu. Sie weicht zurück. Bastian ändert im Gehen die Richtung. Er wendet sich mir zu, aber auch ich stehe nur wie angewurzelt da. Einen Moment lang verharrt er unschlüssig zwischen uns.

Dann lächelt er. »Wollt ihr einen Kaffee?«

Wir schütteln den Kopf.

»Wollen wir draußen sprechen?«

Wir nicken.

Im Garten laufen wir an zwei Jungs vorbei, die an einer steinernen Platte Tischtennis spielen. Bastian grüßt im Vorbeigehen.

»Das sind Dennis und Lukas«, sagt er. »Dennis und ich wohnen im selben Zimmer.« Wir lassen uns auf einer Sitzgruppe nieder. »Der hat Panikattacken. So richtig schlimm.«

Jule und ich nicken höflich. Dennis ist uns egal.

»Einmal musste ich nachts sogar die Pfleger holen.«

Zum ersten Mal sieht Jule zu mir rüber, fast kommt es mir vor wie ein Versehen. Ich möchte ihren Blick festhalten, aber es gelingt nicht.

»Und warum bist du hier?«, macht Jule den Anfang.

Bastian grinst verlegen: »Die hatten Angst, dass ich tatsächlich von diesem Kran springe. Verrückt, oder?«

Bastian lacht und seine Grübchen kommen zum Vorschein. Es wäre leichter, mit ihm zu reden, wenn er nicht immer noch so schön wäre.

»Das ist der einzige Grund?«, hake ich nach und komme mir vor wie in einem Kreuzverhör, in dem ich den guten Cop spiele und Jule den bösen. Immer noch wünscht sich ein Teil von mir, dass Bastian zugibt, was mit ihm los ist. Dass er sich entschuldigt.

Bastian grinst: »Klar. Was soll sonst sein?«

Die Vögel zwitschern aufgeregt. Ist es möglich, dass sie sich schon auf ihren Flug in den Süden vorbereiten? Es ist doch noch so warm.

»Ich muss euch etwas Wichtiges sagen.« Bastian macht eine vielsagende Pause.

Wir horchen auf.

»Ich habe mich dazu entschieden, den Tumor behandeln zu lassen«, erklärt er.

Es ist, als wäre er nie mit Jule zusammen gewesen. Als hätte er mich nicht geküsst.

Während Bastian weiterspricht, betrachte ich eine Statue ein paar Meter entfernt von uns. Sie trägt eine Schale in der Hand, aus der die Vögel trinken. Bastian erzählt von den Ärzten und Schwestern im Krankenhaus. Von den Untersuchungen der letzten Tage. Der Körper der Statue ist perfekt. Aber sie hat keinen Kopf.

»Hör auf, Bastian«, sagt Jule plötzlich in einem Ton, den ich noch nie von ihr gehört habe. Ihr rotes Haar glüht in der Sonne auf, ihre Augen funkeln verärgert. Sie nimmt sein Tagebuch aus ihrer Tasche und hält es ihm hin. Ich hatte keine Ahnung, dass sie es mitbringt!

Irritiert nimmt Bastian es entgegen und hält einen Moment inne. Aber dann redet einfach weiter: »Die OP ist natürlich riskant. Aber es ist alles vorbereitet. Morgen setzen sie mir einen Port ein. Das ist ein Medikamentenzugang. Der mündet in eine Vene ganz nah am Herzen. Hier!« Er schlägt sich theatralisch mit der Faust gegen die Brust. »Damit die Chemo nach der Operation nicht in den Arm gepumpt werden muss.« So ernst, so verzweifelt erklärt er uns die Lage. Wenn ich nicht wüsste, dass das, was er behauptet, nicht sein kann – ich würde ihm sofort glauben. Aber ich sehe ihm in die Augen und schüttele den Kopf.

Bastian schaut von mir zu Jule und wieder zurück. Er gestikuliert aufgeregt, während er weiterspricht: »Ihr wolltet doch, dass ich mich behandeln lasse!«

Trotzig kickt er einen Stein in Richtung der Statue. Die Vögel schrecken auf und fliegen in alle Richtungen davon.

Er wendet sich mir zu: »Genau deshalb habe ich Schluss gemacht. Weil Jule mich nicht versteht. Aber du glaubst mir, Alice. Du verstehst mich, oder?«

Auf meine Schultern, auf meine Brust drückt ein Gewicht, so schwer, dass das Schlucken mir schwerfällt. Ein ziehender Schmerz breitet sich von den Fingerspitzen in meinen ganzen Körper aus. Ich denke an die Worte, die Bastian über meine Mutter gesagt hat: Menschen tun seltsame Dinge, wenn sie nicht klarkommen.

»Du hast nie Schluss gemacht«, sagt Jule.

Sie sieht mich an und in diesem Moment weiß ich, dass wir dasselbe fühlen. Die Vögel über uns im Baum sind still.

»Kommt ihr mich wenigstens wieder besuchen?«, fragt Bastian. »Wer weiß, wie lange ich hier bin.«

Jule reagiert nicht. Ich denke an meine Mutter und die schönen Momente, die vielleicht noch kommen. Und daran, dass Bastian mich zu ihr geschleppt hat.

»Vielleicht«, sage ich.

Als Bastian in Richtung des Kräutergartens davongeht, bleiben Jule und ich auf den Sitzbänken zurück. Wir schauen ihm nach. Ein Mädchen mit Kopftuch, das Unkraut jätet, hält in der Arbeit inne und lächelt ihn an. Kann sein, sie hat auf ihn gewartet. Die beiden wechseln ein paar Worte und Bastian lächelt zurück. Schließlich krempelt er die Ärmel hoch, nimmt eine Harke in die Hand und kniet sich neben das Mädchen ins Beet. Jules Blick ruht noch eine Weile auf Bastian. Ich spüre seine Abwesenheit zwischen uns ungewohnt wie eine Zahnlücke.

Endlich will ich aufstehen, weil ich es nicht mehr aushalte, da beginnt Jule zu reden: »Kennst du diese Kippfiguren, in denen man zwei Bilder gleichzeitig sehen kann, wenn man lange genug hinschaut?«

Ich gebe mir einen Ruck, sehe Jule an und nicke. Ihre Haare sind noch genauso rot wie vorhin im Zug, die Augenringe genauso dunkel. Aber sie sieht nicht mehr so abweisend aus. Ihr Make-up ist von der Hitze zerlaufen und darunter lassen sich Sommersprossen erahnen. Vielleicht kann ich die Jule, die ich kenne, in diesem Gesicht wiederfinden, wenn ich nur lange genug suche.

»Erst siehst du nur das eine Bild«, fährt sie fort, »aber irgendwann siehst du plötzlich auch das andere. Und dann siehst du es jedes Mal, das andere Bild, ob du willst oder nicht.«

Ich weiß nicht, ob sie über Bastian redet oder über mich. Vielleicht weiß sie es selbst nicht.

»Du hattest recht«, antworte ich schnell, »Bastian hat nicht wirklich gelogen. Er ist einfach krank.«

Jules nächster Blick trifft mich hart wie ein Schlag: »Aber du hast gelogen, Alice.«

Was kann ich zu meiner Verteidigung sagen? Ich hätte mit ihr reden müssen. Sofort. Wir hätten miteinander reden müssen.

»Es tut mir so leid, Jule.«

Erst als ich es ausspreche, merke ich, wie sehr es stimmt.

Jule pult an ihren dunkelblau lackierten Nägeln rum, dass der Lack nur so splittert. Zwei Gänseblümchen, die bis jetzt in den September hinein überlebt haben, erinnern mich an Sam. Sam ist dieses Jahr 16 geworden. Aber das ist doch kein Alter für eine Schildkröte. Die können bis zu 80 Jahren alt werden. Theoretisch jedenfalls.

Ich hole Jules zerfledderten Mondkalender mit dem vom Wasser gewellten Papier, den ich von Bastians Nachttisch mitgenommen habe, aus der Tasche. Blättere, bis ich beim richtigen Tag angekommen bin und kann an nichts denken als an Mondwüsten und toten Sand.

»Heute ist Neumond«, stelle ich fest. »Wie in der Strandbar. Weißt du noch?«

Neustart, Neubeginn, Tabula rasa und so.

»Scheißmond«, sagt Jule.

Ich schlucke und will den Kalender wieder wegpacken.

Aber dann lächelt sie doch, nimmt den Kalender und legt ihn in ihre Tasche.

»Ja, Scheißmond«, sage ich.

Und beinahe, aber nur beinahe, müssen wir lachen.

»Wir haben Sams Geburtstag gar nicht richtig gefeiert«, sagt Jule plötzlich.

»Das stimmt«, sage ich. Etwas Besseres fällt mir nicht ein.

Sie sieht mich lange an: »Wäre doch schade, oder? Sollen wir das nachholen?«

»Okay«, sage ich und fühle mich mit einem Mal viel leichter.

»Okay«, sagt Jule.

Wir stehen auf. Wir lassen das Sandsteingebäude hinter uns und laufen zurück in Richtung Bahnhof. Aber diesmal laufen wir nebeneinander.

PLAYLIST

SOUNDTRACK ZUM BUCH

PROLOG	*Junimond* – Rio Reiser
KAPITEL 2	*Bad moon rising* – Creedence Clearwater Revival
KAPITEL 3	*Moonlight drive* – The Doors
KAPITEL 7	*Moonlight* – Ariana Grande
KAPITEL 12	*Howling at the moon* – Milow
KAPITEL 17	*Schieß mich doch zum Mond* – Roger Cicero
KAPITEL 20	*Brain damage* – Pink Floyd
KAPITEL 25	*It's only a paper moon* – Ella Fitzgerald, Delta Rhythm Boys
KAPITEL 28	*Get you the moon* – Kina, feat. Snow
KAPITEL 32	*Flower Moon* – Vampire weekend
KAPITEL 35	*Killing Moon* – Eco and the bunnymen
KAPITEL 39	*Talking to the moon* – Bruno Mars
EPILOG	*Junimond* – Rio Reiser

PLAYLIST AUF

https://www.youtube.com/@verlagmonikafuchs/playlists

Die Autorin

SILKE SUTCLIFFE

Silke Sutcliffe, geboren 1985, studierte in Heidelberg und London Germanistik und Latein. Seit 2012 unterrichtet sie als Gymnasiallehrerin. Sie schreibt u. a. für den Blog *Other writers need to concentrate*, in dem es um die Vereinbarkeit von Autoren- und Elternschaft geht.

Silke Sutcliffe war Stipendiatin der Kölner Schmiede, die die Arbeit an ihrem ersten Roman förderte. 2023 wurde sie mit dem Barnimer Preis für Kinder- und Jugendliteratur *Eberhard* ausgezeichnet. »Ein Sommer, drei Monde« ist ihr Debütroman.

Mit ihrem Mann und ihren Kindern lebt sie in Weinheim.

DANKSAGUNG

2019 war ich Stipendiatin der *Kölner Schmiede*, die die Arbeit an diesem Roman förderte. Ich danke den Initiatoren und Teilnehmern für ihr wertvolles Feedback.

Dank geht an Charlotte, Mascha und die Lektoratsgruppe der *other writers* für die stundenlangen Gespräche – ohne euch wäre dieser Text ein anderer geworden. Und an Helene, die schon dabei war, als dieser Roman noch eine fünfseitige Kurzgeschichte war. Auch der Literaturagentur Paula Peretti danke ich für zahlreiche Anmerkungen zum Text.

Professor Dr. Resch gab mir die Möglichkeit, einen Teil der Kinder- und Jugendpsychiatrie Heidelberg kennenzulernen und bereicherte diesen Text durch Hinweise zum Thema *Borderline*.

Ohne meine Kinder und meine Schüler*innen könnte ich keine authentischen Dialoge schreiben – daher gebührt auch ihnen Dank. Und ganz besonders Juliane: Du bist die beste Testleserin.

Ich danke der Schildkröte Klara und ihrer Besitzerin Cathrin für die längste und beste Freundschaft – und Judith für den Soundtrack zum Buch.

Danke an meine Eltern: Dafür, dass ihr da seid, dafür, dass ich da bin. Für eure bedingungslose Unterstützung.

Zuletzt danke ich meiner großartigen, klugen und geduldigen Verlegerin Monika Fuchs (sehr!).

... und Ben, für 16 gemeinsame Jahre. Für deinen Beistand und deine Ideen. Für alles.

Silke Sutcliffe, im Juli 2024

Die Nachricht von Acts Tod erschüttert die Rebellion. Wer soll nun ... Halt, Stopp!
Das hier ist nicht das Buch, das du haben wolltest. Also ... nicht wirklich. Tut mir leid, ich kann das auf die Schnelle nicht besser erklären, es ist echt ein bisschen kompliziert. Aber ich wollte dich trotzdem warnen, nicht dass du dich später ärgerst.

In diesem Buch geht es um Nik (das bin ich), 17 Jahre alt, Autist und möglicherweise verliebt. Und es geht um Mai, 18 Jahre alt, magersüchtig und stinksauer. Wir haben uns in der Jugendpsychiatrie kennengelernt, wo wir beide gar nicht sein wollten. Mai, weil sie das mit dem Essen schwierig findet, und ich, weil ich unbedingt herausfinden wollte, ob ich tatsächlich in das Mädchen von der Bahnhaltestelle verliebt bin. Also sind wir abgehauen, so richtig, wie im Film. Ich kann immer noch nicht glauben, was alles passiert ist und was wir erlebt haben. Aber es ist passiert. Und es war das größte Abenteuer unseres Lebens.

»Ein faszinierender Held in einer Geschichte, die man nicht mehr weglegen kann. Ein einfühlsames, tolles Buch.«
Benedict Wells

Jan Cole | Was du nicht erwartest

Hardcover | 14,4 x 20,6 cm | 320 Seiten | ISBN 978-3-947066-47-6

Ina, 15, liebt den Mond. Und liebt die Nacht. Sie will Astronautin werden, weil sie sicher ist, dass auf dem Mond ihre Mutter auf sie wartet. Leo, 15, liebt die Sonne. Und hasst die Nacht. Doch nur dann kann er ohne seinen Schutzanzug nach draußen gehen – Leo ist ein »Mondscheinkind«. Ein zufälliges Aufeinandertreffen der beiden im nächtlichen Tierpark findet seine Fortsetzung am nächsten Tag in der Schule: Leo kommt neu in Inas Klasse. Während er von einigen Mitschülern wegen seiner vernarbten Haut verspottet wird, ist Ina fasziniert von Leo und stellt sich schützend vor ihn. Sie will ihm helfen, sich und seine Situation zu akzeptieren. Eine Situation, die sie teilt: ein Leben außerhalb der Norm. – Finden Leo und Ina einen Ort, an dem sie leben können, ohne sich verbiegen zu müssen?

»Die Autorin fasst besonders die Stimmungen in diesem berührenden Jugendbuch gekonnt in Worte. ... Man bekommt viele Impulse, sich in den Kosmos der beiden Protagonisten hineinzuversetzen, sich zu freuen und an ihrem Beispiel zu wachsen. Wenn das kein Ziel für ein sehr empfehlenswertes Jugendbuch wie dieses ist!"«

MARTINA MATTES, EKZ-REZENSIONSDIENST

Corinna Antelmann | Im Schatten des Mondes

Klappenbroschur | 13,8 x 20 cm | 260 Seiten | ISBN 978-3-947066-41-4

Wenn man 13 ist, fangen die Eltern an, peinlich zu werden. Aber so peinlich zu sein wie Robbis Vater – das muss man erstmal schaffen! Er hört lautstark Grönemeyer, wirft mit Geld um sich, stürmt in Robbis Klasse, um Werbung für eine merkwürdige Kinderpartei zu machen. Robbi fürchtet: Papa hat wieder Party im Kopf. Denn sein Vater ist bipolar, manisch-depressiv. Mal völlig überdreht, mal abgrundtief traurig. Damit ihm geholfen werden kann, kommt er schließlich in eine Klinik.

Zwei Jahre später vermutet seine Ärztin eine erneute manische Phase. Vorsichtshalber will sie Robbis Vater wieder einweisen. Doch der fühlt sich stabil und sagt: Nein!

Er türmt mit seinem Sohn nach Südfrankreich.

»Wenn die Tramptour durch diese wahnsinnstollen Landschaften, wenn dieser Sommertrip die Belohnung für die vermasselten Jahre mit einem verrückten Vater sind, dann soll's okay sein.«

Robbi Ritter, 15 Jahre

Peter Mannsdorff | Party im Kopf

Klappenbroschur | 13,8 x 20 cm | 144 Seiten | ISBN 978-3-947066-16-2